1天1日語句型

日語編輯小組　主編

適用對象　只想輕鬆學日語的人

附贈MP3

書泉出版社 印行

目錄

～あとで／…以後

1. 勉強のあとでテレビを見る／唸完書以後看電視。
2. 食事のあとで散歩をします／吃完飯後散步。
3. 先生の説明を聞いたあとで書いてください／請聽完老師的說明之後再寫。

此句型結構為「體言＋の＋あとで」，或「動詞過去式＋あとで」。用於表示行為、動作的先後順序。

01月02日

あまり～／不太…

1. 昨日はおとといに比べてあまり寒くなかった／與前天相比，昨天不太冷。
2. 私は日本酒はあまり好きではありません／我不太喜歡日本酒。
3. このごろあまり映画を見ていません／最近我不常看電影。

此句型結構為「あまり＋～ない（等否定形式）」。有時也說成あんまり，表示程度不高。用來修飾動詞時，通常不用於表示行為、動作的次數或數量。日常會話中，指出對方某種缺陷、不足時，會以「あまり～ない」的形式，表示委婉的語氣。

～か／…嗎；…呢

1. なにか食べますか／要吃什麼嗎？
2. だれかに道を聞こう／找個人問路吧！
3. どこかで見たことがある／曾經在哪裡見過。
4. いつか行きますか／什麼時候去？

此句型結構為「疑問詞＋か」。前面接續疑問詞なに、だれ、どこ、いつ等，表示不確定、不是很具體的了解、尚未決定等。

～が、～／…可是…；…但是…

1. 薬を飲みましたが、風邪はすこしもよくなりません
／雖然吃了藥，但感冒一點也沒好。
2. くじらは海に住んでいるが、魚ではありません／
鯨魚雖然生活在海裡，但不屬於魚類。
3. 昼間は暖かくなったが、夜はまだ寒い／雖然白天
已經變暖了，但夜晚還是很冷。

此句型結構為「詞組或句子＋が、～」。表示逆態接續，用於連接具有轉折語氣的片語或句子。

～が、～

1. 医者に見てもらいましたが、胃が悪いとのことでした／請醫生看了，說是胃不好。
2. この花はきれいだが、なんという名前だろう／這種花很漂亮，叫什麼名字？
3. 失礼ですが、先生はご在宅ですか／對不起，老師在家嗎？

此句型結構為「詞組或句子＋が、～」。表示順態接續，用於連接前後兩個句子，具有承上啓下、引出下文的作用。

01月06日

～か～か／…還是…；…或者…

1. 町へ行ってバナナか西瓜か買って来ようと思う／打算上街買香蕉或西瓜回來。
2. あなたが来るか私が行くかですか／是你來還是我去？
3. 冬休みは香港か台湾かに行きたい／寒假想去香港或臺灣。

此句型結構為「體言（或用言終止形）＋か＋體言（或用言終止形）＋か」。用於表示並列或選擇之時。

〜が〜たい／想……；想要…

1. 国へ帰るとき、どんなお土産が買いたいですか／回國時，想買什麼禮物呢？
2. 暑い日には冷たいビールがのみたいです／天熱的時候，很想喝冰鎮啤酒。
3. 私はこの曲の名前が知りたいです／我想知道這首歌曲的歌名。

小提醒

「〜が＋他動詞連用形＋たい」。在表示願望、希望等的句型中，雖然動詞是他動詞，但是當強調對象時，其對象語用が來提示。當句子以「〜たい」等現在式結尾時，行為、動作的主體「我」往往被省略。

〜ができます（或ができません）／能…；會…（或不能…；不會…）

1. この本は持ち出すことができません／這本書不能帶出去。
2. 私は日本語ができます／我會日文。
3. 世界中に無料で通話ができます／可以和全世界免費通話。

小提醒

此句型結構為「名詞（或動詞連體形＋こと）＋ができます（或ができません）」。這個句型既表示能力上的能夠做到，也表示客觀條件上的可能或者被許可。

~がほしい／想……；想要…

1. 29インチのテレビがほしいです／我想要一臺29吋的
   電視。
2. 住民たちは近くに図書館がほしいです／居民們希
   望附近有一間圖書館。
3. 日本の友達がほしいです／我想交日本朋友。

此句型結構為「名詞＋がほしい」。在表示願望、希望等的句
型中，雖然是用他動詞，但是當強調對象時，其對象語用が來
提示。當句子以「～ほしい」等現在式結尾時，行為、動作的
主體「我」往往被省略。

01月10日

~がほしくない／不想要…

1. あなたはこんな車がほしくないですか／你不想要
   這種車？
2. 子供がほしくない／不想要小孩。
3. ご飯がほしくない／不想吃飯。

此句型結構為「體言＋がほしくない」。表示不希望某事發生
或不想要某事物。

重點

～が～ますか／誰（哪裡、什麼時候、哪個…）做…呢？

 實用語句

1. 明日のパーティーにだれが来ますか／明天的宴會有誰會來？

2. だれがいますか／有人在嗎？

3. どこが間違いますか／哪裡錯了呢？

 小提醒

此句型結構為「疑問詞＋が～ますか」。疑問詞是指だれ、どこ、どれ、いつ等。這些詞當主語時，要用が加以提示，回答時主語也要用が來提示。

 重點

～から～／從…；先…

 實用語句

1. わが家では、お客さんからお風呂に入ることになっている／我們家是從客人開始洗澡。

2. その点については私から何とも申し上げかねます／關於那個問題，我無可奉告。

3. さっき田中さんから電話がありました／剛才田中有打電話來過。

 小提醒

此句型結構為「名詞＋から～」。接在表示「人」的名詞後，表示訊息、物品等的來源及某一行為的使動作者。

重點

 實用語句

～から／由於…；因為…

1. 山の頂上の空気のうすさから高山病にかかってしまった／由於山頂上空氣稀薄，得了高山症。

2. ちょっとしたことから喧嘩になってしまった／因為一點小事吵了起來。

3. 子供の火遊びから火事になりました／因為小孩玩火造成了火災。

 小提醒

此句型結構為「名詞＋から」。常接在名詞後，或者借助於こと、ところ等，接在用言後面，表示事物的起因、理由等。相當於中文的「由於」「因為」等。

01月14日

 重點

 實用語句

～から～まで／從…到…；自…至…

1. 午前の八時から十二時まで日本語を勉強します／從上午八點到十二點學習日語。

2. 毎日家から会社まで歩いていきます／每天從家走路到公司。

3. 子供たちは月曜日から金曜日まで学校に行きます／孩子們從星期一到星期五上學。

 小提醒

此句型結構為「體言＋から＋體言＋まで」。用於表示範圍，包括時間和空間的範圍。

～しか～ない／僅…；只…

1. あの人には一度しか会っていない／我只見過他一
   次。
2. 朝は牛乳しか飲まない／早晨只喝牛奶。
3. この店には従業員が三人しかいない／這家店裡只
   有三個工作人員。

此句型結構為「體言（或動詞連體形、或部分助詞）＋しか～
ない」。表示唯一的手段、方式和可採取的行動。

～たい／想要…；願意…

1. あなたは父に紹介したいです／我想把你介紹給我
   父親認識。
2. 私はアイスクリームを食べたいです／我想吃冰淇
   淋。
3. 彼女に会いたいです／我想見她。

此句型結構為「動詞連用形＋たい」。表示第一人稱的願望，
強調說話者希望某行為能夠實現。

~たいものだ／眞想…；很想…

1. ぜひ一度北京へ行ってみたいものだ／心想一定要去
北京一次。

2. 一日も早く国へ帰りたいものだ／真想早一天回國。

3. 一日も早く家族に会いたいものだ／真想早一天和家
人見面。

此句型結構為「動詞連用形＋たいものだ」。たい是願望助動
詞，表示希望、願望；もの是形式名詞，表示希望、感動的心
情，用於加強たい的語氣。此句型表示發自內心的強烈願望。

01月18日

~だけ／只是…；只有…

1. このことは君だけに話す／這件事只告訴你一個人。

2. 二人だけで行く／只有兩個人去。

3. 劉さんだけ返事が来た／只有小劉回了信。

此句型結構為「體言（或用言連體形、或部分格助詞）＋だ
け」。表示限定，指限定一定的範圍或程度。

～たり～たりする／又…又…；或者…或者…；時而…時而…

1. このごろは 暖 かかっ<ruby>あたた</ruby>たり寒かったりして天気がきまらない／這幾天天氣忽冷忽熱，變化不定。
2. 友達の誕生日パーティーでみんな楽しく歌ったり踊ったりした／在朋友的生日宴會上，大家高興地又唱又跳。
3. 仕事が 忙 しくて食事の時間が早かったり遅かったりします／由於工作忙，吃飯時間時早時晚。

此句型結構為「用言連用形＋たり＋用言連用形＋たりする」。表示兩個或兩個以上動作的並列或交替進行。

～だろう（或でしょう）／可能是…；或許…

1. 北海道では、今はもうさむいだろう／北海道現在可能很冷吧。
2. この程度の英語なら、だれでも話せるだろう／這種程度的英語可能誰都會說吧。
3. あしたもいい天気でしょう／明天或許也是好天氣。

此句型結構為「體言＋だろう（或でしょう）」。用於表示對事物的推測、估計或想像時，常與たぶん、きっと相呼應，句尾音調要下降。だろう為でしょう的常體。

~つもりです（或でした）／打算…；將要…

1. 大学を卒業してから、日本へ留学するつもりです／
   我大學畢業後打算去日本留學。
2. 若いころ、医者になるつもりでした／我年輕時想當
   醫生。
3. 私は今年ヨーロッパを旅行するつもりです／我今
   年打算去歐洲旅行。

此句型結構為「動詞連體形、連體詞＋つもりです（或でし
た）」。表示說話者內心的打算或計畫，疑問句用於第二人
稱，其否定形式為「つもりはありません」。

01月22日

~て

1. 朝ご飯を作って、こどもをおこした／做好早飯後叫
   孩子起床。
2. 電話をかけて、面会の約束をとりつけて、会いに行
   った／先打電話，約好見面的時間，再去赴約。
3. 着物を着て、出かけた／穿好衣服之後出門。

此句型結構為「動詞て形＋て」。同一主題有2個以上的動作
時，以て來連接前後的動作，除了句尾之外，前面的動詞都要
改為て形。

～で／在…

1. 私は日本に生まれ、日本で育ちました／我在日本出生，在日本長大。
2. 彼はこの論文の第二章で格助詞の使い方を論じている／他在這篇論文的第二章論述了格助詞的用法。
3. この辺でアパートを借りるとなると、5万円といったところですね／要是在這一帶租公寓，房租通常要5萬日圓。

此句型結構為「場所＋で＋動作性動詞」。以動作性動詞作為述語時，其動作場所用で來提示。相當於中文的「在（場所）…做什麼」。

01月24日

～で／用……

1. 自転車で通学する学生が多い／騎自行車上學的學生很多。
2. 昨日マラソンをテレビで見ることができました／昨天在電視上看到馬拉松比賽了。
3. 意味が分からない単語は必ず辞書で調べるようにしてください／不懂的單字，一定要查字典。

此句型結構為「～で＋動作性動詞」。以動作性動詞作為述語時，其動作方式、方法、手段及工具（包括交通工具）等，用で來提示。

~で／用……

1. お菓子は小麦粉で作ったのが多い／點心多數都是用麵粉做的。

2. 日本では木で作られた家が多いそうです／聽說在日本用木材建造的房子很多。

3. 姉は毛糸で手袋を編んでくれた／姐姐用毛線給我織了一副手套。

此句型結構為「（表示材料的）名詞＋で」。當敘述用什麼東西做什麼的時候，其所用材料用で來提示。相當於中文的「用…」。

01月26日

~で／在……

1. 私が台北へ来てから今日でちょうど一年になる／我來到臺北，到今天正好是一年。

2. このシャツは三枚で500円です／這種襯衫三件500日圓。

3. 日本で一番長い川は信濃川です／在日本最長的河是信濃川。

此句型結構為「表示時間或數量等的名詞＋で」。表示行為、動作的時間、期間、物品的數量、購物的價錢及事物的範圍等用で來提示。

重點

 實用語句

～てある／……好了

1. 論文を書くために、私はたくさん資料を集めてある／為了寫論文我已經收集好了許多資料。

2. 今日はお客さんが来るので、ビールを4本買ってある／今天有客人要來，所以已經買好了4瓶啤酒。

3. 机の上に本が開けっ放しにしてある／桌子上隨意放著打開的書。

 小提醒

此句型結構為「動詞連用形＋てある」。接在意志動詞後表示：①行為結果的狀態。②動作的完成狀態。③放任不管的狀態。④事先做好準備。

 重點

 實用語句

～ています

1. 交通事故で毎日多くの人が死んでいます／每天有很多人因交通事故死亡。

2. 私は毎朝ジョギングをしています／我每天早晨跑步。

3. 毎年台風が日本へ来ています／颱風每年都侵襲日本。

 小提醒

此句型結構為「動詞連用形＋てます」。表示同一主體或不同主體的動作反覆或習慣。

～てから／…之後

1. 日本に来てから教育学の勉強を始めた／到了日本之後，開始學習教育學。
2. 弟は毎日うちに帰ってからまず宿題をします／弟弟每天回家後，就先寫作業。
3. よく考えてから答えてください／請仔細考慮之後再回答。

此句型結構為「用言連用形＋てから」。表示行為、動作的先後順序。

～てください／請…

1. ちょっと待ってください／請稍等一下。
2. あらかじめ電話で教えてください／請預先打個電話告訴我。
3. この薬は食後に飲んでください／這種藥請在飯後服用。

此句型結構為「動詞連用形＋てください」。表示請求或要求對方做某事，一般用於同輩。

~てくださいませんか／請…好嗎？

 1. 明日<ruby>あした</ruby>まで待<ruby>ま</ruby>ってくださいませんか／請等到明天好嗎？

2. すみませんが、通訳<ruby>つうやく</ruby>してくださいませんか／麻煩您，幫我翻譯一下好嗎？

3. テレビの音<ruby>おと</ruby>を小<ruby>ちい</ruby>さくしてくださいませんか／請把電視機的聲音關小一點好嗎？

 此句型結構為「動詞連用形＋てくださいませんか」。表示委婉地請求或要求對方做某事，用於向長輩或上級請求時。

~と~／…和…

1. 英語と日本語の中で、どれが一番難しいですか／英語和日語中，哪種語言最難學？
2. この古い規則と制度は今すぐ廃棄します／這種古老的規定和制度，現在馬上廢止。
3. 昨日私は上着とズボンを買いました／昨天我買了上衣和褲子。

此句型結構為「名詞＋と＋名詞」。用於並列兩個或兩個以上的名詞，相當於中文的「和」。

02月02日

~と~／…和…；…同…；…與…

1. 犬が猫とけんかしているところです／狗正在和貓打架。
2. 彼は先月中学時代のガールフレンドと結婚しました／上個月他和中學時的女友結婚了。
3. あの会社と取引関係を持っています／和那家公司有生意上的關係。

此句型結構為「名詞＋と～」。此句型中行為、動作的對象，是指行為、動作中不可缺少的相關者。相當於中文的「和……」「與……」。

～といっしょに／和…（一起）

1. 私は今日母といっしょに映画を見に行きました／我今天和媽媽一起去看電影了。
2. 知らない人といっしょに遊ばない／不要和不認識的人玩。
3. 子供のときおじいさんといっしょによくこの辺りを散歩していたものです／小時候經常和爺爺在這一帶散步。

此句型結構為「名詞＋といっしょに」。接在表示「人」（包括動物）的名詞後面，在句中作為述語成分，表示行為、動作的參與者。と與いっしょに搭配使用，相當於中文的「和（誰）一起（做什麼）」。

～という／叫做…；稱為…

1. これは桜という花です／這是叫做櫻花的花。
2. これは何という料理ですか／這道料理叫做什麼？
3. 田中さんというひとから電話があった／有個名叫田中的人打電話來。

此句型結構為「名詞＋という＋名詞」。利用後方的名詞來解釋前方的名詞，帶有說話者或聽話者其中一方，甚至雙方都對所提出的事物不太清楚之意。較粗俗的用法為「～って」。

〜というのは／所謂…就是；所謂…說的就是…

1. 大卒_{だいそつ}というのは大学卒業_{だいがくそつぎょう}のことだ／所謂「大卒」是指大學畢業。

2. MDというのはマイクロディスクのことです／所謂的 MD就是微型磁片。

3. 安保理_{あんぽり}というのは安全保障理事会_{あんぜんほしょうりじかい}のことだ／所謂安保理就是指安全保障理事會（安理會）。

此句型結構為「體言＋というのは」。用於對某個話題進行解釋或者下定義時。與とは的意思相同。

〜とき／…時

1. 台湾_{たいわん}へいらっしゃるとき、前_{まえ}もってお知_しらせ下_{くだ}さい／來臺灣時，請事先讓我知道。

2. 新聞_{しんぶん}を読_よむとき、めがねをかけます／讀報時要戴上眼鏡。

3. 家_{いえ}を出_でたとき、忘_{わす}れ物_{もの}に気_きがついた／出門時才發現有東西忘了帶。

此句型結構為「動詞原形、動詞た形＋とき」。①前方接續表示動作的動詞原形時，意指於某行為進行之前，或是某行為進行的同時，另一行為也一起完成。②前方接續表示動作的動詞た形時，表示該動作完成後，其他的事件或態也隨之實現。

どうして〜 / 如何…；怎樣…

1. これからどうして暮らしていこうか／今後將靠什麼生活呢？
2. 私にはどうしていいか分かりません／我不知道該怎麼辦才好。
3. どうして彼女はまだ結婚していないのですか／她為什麼還沒結婚呢？

此句型結構為「どうして＋句子（の）＋か」。該詞原意為「どうのようにして」「どのような方法で」，一般接續意志動詞，表示「如何…」「怎樣…」的意思。當接續的詞語為非意志性時，則變為具有疑問意義的副詞，詞義與なぜ相同，即「為什麼」。

 〜とは / 所謂…就是…；所謂…說的就是…

1. 週刊誌とは毎週一回出る雑誌のことだ／所謂週刊雜誌是指每週發行一次的雜誌。
2. 名刺とは名前が印刷された紙のことだ／名片是指印上姓名的紙張。
3. あなたのおっしゃる「あれ」とはいったい何ですか／你說的「那個」究竟是指什麼？

此句型結構為「體言＋とは」。用於對某個話題進行解釋或者下定義時。與「というのは」的意思相同。

重點

~ない（或なかった）／不…；沒有…

 實用語句

1. 妹は英語を勉強しない／妹妹不學英文。
2. 私はきのう日本語を勉強しなかった／我昨天沒唸日語。
3. かれはきょう学校へ来なかった／他今天沒來學校。

 小提醒

此句型結構為「動詞未然形＋ない（或なかった）」。ない為否定助動詞，前方加上動詞未然形成為常體的否定句。なかった為ない的過去式。

02月10日

 重點

~ないでください／請不要…

 實用語句

1. 鉛筆やボールペンで書かないでください／請不要用鉛筆和原子筆寫。
2. 駅でタバコを吸わないでください／請不要在車站吸煙。
3. 会社に遅れないでください／上班請不要遲到。

 小提醒

此句型結構為「動詞未然形＋ないでください」。表示說話者請求對方不要做某事。

～ながら／一邊…一邊；邊…邊…

1. お茶でも飲みながら話しましょう／邊喝茶邊聊吧。
2. 子供は音楽を聴きながら宿題をしています／孩子一邊聽音樂一邊做作業。
3. 山田さんはアルバイトをしながら学校に通っている／山田一邊打工一邊上學。

此句型結構為「動詞連用形＋ながら」。表示兩個動作同時進行，以後面的動作為主。

なぜ（か）～／爲什麼…

1. 昨日はなぜ無断で欠席したのですか／昨天你爲什麼無故缺席？
2. 娘のことが最近なぜか気になってしようがない／不知爲什麼，最近特別惦記女兒。
3. このごろはなぜかまったく食欲がない／最近不知爲什麼，一點食欲也沒有。

此句型結構為「なぜ＋～」。用於要求說明原因、理由的句型中，意思和用法與「どうして」（爲什麼）相同，該詞還可以與か結合，構成「なぜか」，表示「原因不明」。

～に～／…在…（時候）

1. 毎朝6時におきます／每天早上6點起床。
   <ruby>毎朝<rt>まいあさ</rt></ruby><ruby>6<rt>ろく</rt></ruby><ruby>時<rt>じ</rt></ruby>

2. 来週の土曜日に旅行するつもりです／打算在下週
   <ruby>来週<rt>らいしゅう</rt></ruby>の<ruby>土曜日<rt>どようび</rt></ruby>に<ruby>旅行<rt>りょこう</rt></ruby>
   六去旅行。

3. 今週末に試合があります／這個週末有考試。
   <ruby>今週末<rt>こんしゅうまつ</rt></ruby>に<ruby>試合<rt>しあい</rt></ruby>

此句型結構為「（表示行為、動作發生時間的）名詞（或數詞）＋に」。表示行為、動作發生的時間時，除きょう、あした、きのう、あさ、ゆうべ、ごぜん等少數名詞外，一般都要在表示時間意義的名詞或數詞後面加に。

～に～がある（或いる）／…在（場所）…有…

1. 水槽に魚がいます／水槽裡有魚。
   <ruby>水槽<rt>すいそう</rt></ruby><ruby>魚<rt>さかな</rt></ruby>

2. 私は家にとてもかわいい子犬がいます／我家有一
   <ruby>私<rt>わたし</rt></ruby>は<ruby>家<rt>いえ</rt></ruby>　<ruby>子犬<rt>こいぬ</rt></ruby>
   隻非常可愛的小狗。

3. 駅前に広場があります／在車站前有個廣場。
   <ruby>駅前<rt>えきまえ</rt></ruby>に<ruby>広場<rt>ひろば</rt></ruby>

此句型結構為「場所＋に＋體言＋がある（或がいる）」。表示人、動物或物的存在時，其場所用に來提示。其動詞的使用，生物一般用いる、おる、いらっしゃる」非生物則用ある表示。但在講述自己有孩子、兄弟姊妹、妻子時，也可以用ある。

重點

〜に行く／爲……而去

實用語句

1. 書店へ本を買いに行きます／去書店買書。
2. 私はドイツへ医学の勉強に行きたいです／我想去德國學習醫學。
3. スーパーマーケットへ買い物に行きました／去超市買東西。

小提醒

此句型結構為「動詞連用形、動作性名詞＋に＋行く」。用來表示來或去的目的，一般使用「行く」等表示方向性的自動詞。

02月16日

重點

〜にする／使成爲…；弄成…

實用語句

1. 部屋をきれいにしなさい／把房間弄乾淨。
2. ネットのクチコミを参考にしますか／網路上傳送的訊息能參考嗎？
3. 冷たくするともっとおいしいですよ／弄冷了更好吃。

小提醒

此句型結構為「體言（或形容動詞語幹）＋にする」。通常用於帶有人為作用的主觀意志，積極地促使某事物發生變化時。前方接續形容詞時，要改為「く形」再連接する。

～になる／成為…；變成…

1. 彼は 働 きすぎて病気になった／他工作過度生病了。
2. 大学を出て、もう10年になりました／大學畢業已經10年了。
3. 公園がきれいになりました／公園變得漂亮了。

此句型結構為「體言（或形容動詞語幹）＋になる」。用於表示事物自發性的變化，通常是指未經人為運作所產生的變化。前方接續形容詞時，要改為「く形」再連接なる。

02月18日

～に～を～／為…做…

1. 明日友達に電話をかける／明天要打電話給朋友。
2. 田中さんは外国の留学生に日本語を教えている／田中先生在教外國留學生日語。
3. 私は母に誕生日のプレゼントを買ってあげました／我給媽媽買了生日禮物。

此句型結構為「～に～を＋他動詞」。表示施動作者為對方做某事。

～の～／…的…

1. 食欲のないのは熱さのせいだろう／沒有食欲可能是因為天氣熱的緣故吧。
2. 父の買ってくれた時計を妹に上げました／我把父親買給我的手錶送給妹妹了。
3. 母の作ってくれたお菓子はとてもおいしいです／媽媽為我做的點心很好吃。

小提醒 ▷ 此句型結構為「體言＋の＋用言＋體言（包括形式體言）」。當主語在句中作為修飾語時，其主格助詞往往可以用の來代替。

～の～／…的…

1. 私は大学の寮に住んでいる／我住在大學的宿舍裡。
2. 日本の新幹線はとても速いです／日本的新幹線車速很快。
3. 地球は太陽の周りを回っています／地球圍繞著太陽轉。

小提醒 ▷ 此句型結構為「名詞＋の＋名詞」。用於連接兩個名詞，表示所屬關係。相當於中文修飾語的「的」。

重點

~の~ ／ …的…

 實用語句

1. そこに立っているのが長男です／站在那裡的
   （人）是我的長子。
2. さっき来たのは新聞屋さんです／剛才來的（人）是
   送報紙的。
3. 日本語は漢字を覚えるのがたいへんです／背日語漢
   字是很困難的。

 小提醒

此句型結構為「用言（或片語的連體形）＋の」。這個句型的
の，實際上是形式體言，亦即把前面的用言或片語等體言化之
後，充當某種句子成分。可表示人、物、事情等。

 重點

~は~です（或ではありません）／…是…

 實用語句

1. これは本です／這是書。
2. 山田さんは先生です／山田先生是老師。
3. 私は日本人ではありません／我不是日本人。

 小提醒

此句型結構為「主詞＋は＋名詞＋です（或ではありませ
ん）」。此為最基本的句型之一，は在句中具有提示主詞的作
用，です則具有判斷、說明的作用。ではありません為です的
否定形。

重點

～は～です

 實用語句

1. 妹の頭はいいです／妹妹的腦袋很好。
2. 赤ちゃんの手は小さいです／嬰兒的手很小。
3. あの女の子はかわいいです／那個女孩很可愛。

 小提醒

此句型結構為「主詞＋は＋形容詞（或形容動詞語幹）＋です」。此為最基本的句型之一，は在句中具有提示主詞的作用，です則具有判斷、說明的作用。

02月24日

 重點

～は～がすきです（或きらいです）／喜歡…；討厭….

 實用語句

1. 父は書道がすきです／父親喜歡書法。
2. 私は緑色の鳥がすきです／我喜歡綠色的鳥。
3. うちの子供は野菜がきらいです／我的孩子很討厭蔬菜。

 小提醒

此句型結構為「體言＋は＋體言＋がすきです（或がきらいです）」。助詞は是用來提示前方的主體，而所使用的助詞が，則是用來提示出喜歡或討厭的對象。

重點

～は～にある（或いる）／…在（場所）…有…

 實用語句

1. 彼女は今どこにいますか／她現在在哪裡？
2. 私は家にいます／我在家裡。
3. 本は図書館にあります／圖書館裡有書。

 小提醒

此句型結構為「體言＋は＋場所＋にある（或にいる）」。表示人、動物或物的存在時，其場所用に表示。其動詞的使用，生物一般用いる、おる、いらっしゃる，非生物用ある表示。但在講述自己有孩子、兄弟姊妹、妻子時也可以用ある。在故事等作品中，表示人的存在時，也可以用ある。同時，在表示移動中的交通工具時，也有用いる的情形。

 **02月26日**

 **重點**

～へ行く（或歩く）／向…；往…

實用語句

1. 7時に学校へ行きます／7點去學校。
2. 東京へ行く特急はいつ発車しますか／開往東京的特快車幾點發車？
3. 彼は口笛を吹きながら、駅のほうへ歩いていった／他吹著口哨往車站方向走去。

 小提醒

此句型結構為「名詞＋へ＋行く（或歩く）」。接在與方位有關的名詞後，表示方向或場所。可加の作為修飾語。後面一般接續表示方向的動詞，如：行く、来る、帰る、歩く等。

～前<ruby>まえ</ruby>に／在…之前

1. 毎晩寝る前<ruby>まえ</ruby>にちゃんと歯を磨きなさい／每天晚上睡覺前，要好好地刷牙。
2. 食事の前<ruby>まえ</ruby>に手を洗いなさい／吃飯之前要洗手。
3. 結婚する前<ruby>まえ</ruby>に銀行に勤めていました／結婚前在銀行工作。

 此句型結構為「體言＋の（或動詞連體形）＋前に」。用於表示行為、動作的先後順序。

 ～ましょう／…吧

1. 少し、休みましょう／稍微休息一下吧！
2. 英語を基礎からはじめましょう／從基礎開始學英語吧！
3. そろそろ出かけましょう／差不多該出門了吧！

 此句型結構為「動詞連用形＋ましょう」。表示勸誘的一種用法，用於邀約對方一起做某事，或者鼓勵對方時。ましょうか則有「讓我來為…做某事」的意思。

重點

～ませんか / 要不要…；想不想…

實用語句

1. 農業をやってみませんか／要不要從事農業呢？
2. ちょっと出かけませんか／要不要出去走走？
3. あなたはケーキをたべませんか／你要不要吃蛋糕？

小提醒

此句型結構為「動詞連用形＋ませんか」。這是由ます的否定形式加上終助詞か所構成。用於表示勸誘的場合，是一種較委婉的說法。

まだ〜 / 還有…；尚未…

1. まだ時間があります／還有時間。
2. コーヒーはまだあついです／咖啡還很燙。
3. 風邪はまだよくならない／感冒尚未痊癒。

此句型結構為「まだ＋肯定句（或否定句）」。用於表示事物或時間還有剩餘，也可以表示預定的事情、狀態至今尚未進行或完成。まだ後接否定形式，表示「還沒有、尚未」之意。

03月02日

 〜も〜も / 既…也…

1. かれは英語も日本語も上手です／他的英文和日文都很強。
2. このクラスには男性も女性もいます／這個班級有男生也有女生。
3. 電話もテレビもなく、まずしい家だっだ／是個既沒電話也沒電視貧窮的家庭。

此句型結構為「體言A＋も＋體言B＋も」。體言A與體言B共用同一個敘述句，用於列舉類似的事物。

重點

もう～ / 已經…

 實用語句

1. 木村さん、あなたはもう昼ごはんを食べましたか／
   木村，你已經吃過午飯了嗎？
2. 宇宙旅行も、もう夢ではなくなりました／太空旅行
   已經不是夢想了。
3. その問題は、もう解決している／那個問題已經解決了。

 小提醒

此句型結構為「もう＋動詞過去式」。與動詞的過去式相呼應，表示行為、動作在過去某一時刻已經結束。有時也與「～ている」相呼應，表示行為、動作已經完成，其結果、狀態仍然持續到現在。

03月04日

 重點

～や～など / …和…等

 實用語句

1. ここに歴代先祖の肖像画や写真などがあります／這
   裡有歷代祖先的畫像和照片等。
2. 説明会では、新ロゴやプランなどが発表されました
   ／在說明會上發表新的商標和企劃案等。
3. かばんの中にボールペンやノートなどがあります／
   包包裡有原子筆和筆記本等。

 小提醒

此句型結構為「體言＋や＋體言＋など」。や為並列的用法，用於自同類事物中列舉數個例子時，常與など相呼應，用來強調所列舉的只是其中的一部分。相似的用法と，則表示只有列舉出來的那個部分。

～を～／把…

1. 私は日本語を勉強しています／我正在學習日語。
2. 李君を呼んできてください／請把小李叫來。
3. 歯が痛くてご飯を食べられない／因為牙疼，沒有辦法吃飯。

 此句型結構為「體言＋を＋他動詞」。以他動詞作為句中的述語時，他動詞所涉及的目的物、對象等，均應加を成為受詞。

～を～／離開…；從…

1. 私は毎朝7時ごろ家を出て、会社へ行きます／我每天早晨7點鐘左右從家裡出來，之後去公司。
2. 彼は毎日5時になると、会社を飛び出していく／他每天5點鐘一到，就馬上離開公司。
3. 二人は同じ日に日本を去った／兩個人同一天離開了日本。

 此句型結構為「體言＋を＋自動詞」。以具有離開意義的自動詞作為句中的述語時，其離開的場所用を來提示。

～を～／經過…；沿著…

1. 流(なが)れ星(ぼし)が夜空(よぞら)を落(お)ちていく／流星從夜空中滑落。
2. 雨(あめ)の玉(たま)が電線(でんせん)を伝(つた)わって流(なが)れ落(お)ちた／雨珠順著電線流了下去。
3. 道(みち)を渡(わた)るとき車(くるま)に気(き)をつけてね／過馬路時，要注意來往的車輛喔。

此句型結構為「～を＋移動動詞」。以具有移動意義的自動詞作為句中的述語時，其經過的場所用を來提示。

～をください／請…；請給我…

1. コーヒーをください／請給我咖啡。
2. もうちょっと割引(わりびき)をください／請給我打個折。
3. ご予約(よやく)のお電話(でんわ)をください／請來電預約。

此句型結構為「體言＋をください」。此為有禮貌的命令句，可用於點餐、購物或要求某人為自己做某事時。數量詞則要加在ください之前。

重點

〜あげる / 弄完……；做好……

 實用語句

1. 粘土を山の形に捏ねあげる／把黏土捏成山的形狀。
2. 僕の作品を作りあげた／我的作品完成了。
3. ただ一日で子供の服を縫いあげた／只用了一天就做好了小孩的衣服。

 小提醒

此句型結構為「動詞連用形＋あげる」。接在繼續動詞後，構成複合他動詞。表示動作、行為的完了、結束，也表示動作、行為的結果。

 重點

ご〜いただく / 請…做…

 實用語句

1. 私はただ今ご紹介いただきました田中です／我就是剛才承蒙您介紹的田中。
2. よろしかったらご紹介いただけませんか／如果方便的話，請您介紹一下好嗎？
3. ご理解いただければ幸いだと思います／若能得到您的理解，本人深感榮幸。

 小提醒

此句型結構為「ご＋動詞連用形、サ行變格動詞語幹＋いただく」。這是一種自謙形式，用於請求長輩、上級為自己做某事，或說話者接受對方為自己做某事。

重點

～（さ）せていただく／請允許（我、我們）…

 實用語句

1. 取_とり急_{いそ}ぎ安着_{あんちゃく}のご報告_{ほうこく}をさせていただきます／匆匆向您報告我已經平安到達。
2. 用_{よう}があるので、お先_{さき}に帰_{かえ}らせていただきます／因為有事，請讓我先走一步。
3. 本日休業_{ほんじつきゅうぎょう}させていただきます／今天休息。

 小提醒

此句型結構為「五段或サ行變格動詞連用形＋せていただく」「一段或カ行變格動詞連用形＋させていただく」。表示以謙遜的語氣請求他人允許自己做某事。

03月12日

 重點

お（或ご）～する／讓我…；我來…

 實用語句

1. 私_{わたし}がお荷物_{にもつ}をお持_もちしましょう／您的行李由我來拿吧。
2. 車_{くるま}をご用意_{ようい}しました／為您準備好車子了。
3. 窓_{まど}をお閉_しめしましょう／我來關窗戶吧。

 小提醒

此句型結構為「お（或ご）＋動詞連用形、サ行變格動詞語幹＋する」。用自謙的語氣表示自己的動作，從而表示對對方尊敬的表達方式。

お（或ご）〜になる

1. 今日の新聞をお読みになりましたか／今天的報紙您
きょう　しんぶん　　　　　よ
看了嗎？

2. 明日何時ごろご出勤になりますか／您明天幾點上
あした なんじ　　　　しゅっきん
班？

3. 野村先生は1986年に東京大学をご卒業になりま
のむらせんせい　　　　　　ねん　　とうきょうだいがく　　　　そつぎょう
した／野村老師於1986年畢業於東京大學。

此句型結構為「お（或ご）＋動詞連用形、サ行變格動詞語幹
＋になる」。表示對進行該動作的人的尊敬，用於敘述尊長的
行為。但像「見る、きる、ねる、する」等動詞、「くれる、
み
行く、言う」等有特定敬語的動詞、「スタートする」等外來
い　　い
語動詞、「はらはらする」等由擬聲語、擬態語構成的動詞，
不能以「お（或ご）〜になる」的形式來表示。

03月14日

〜終わる／做完……
お

1. 宿題をやり終わってから、遊びに出た／做完作業後
しゅくだい　　　お　　　　　　あそ　　で
出去玩。

2. 書き終わったら、出してください／寫完之後，請交
か　お　　　　　　だ
上來。

3. やっと卒業論文を書き終わった／終於寫完了畢業論文。
そつぎょうろんぶん　か　お

此句型結構為「動詞連用形＋終わる」。表示動作做完、完了。

～かどうか／是否…

1. それが本物かどうか、ちょっと怪しい／那個東西是否是真貨，有點可疑。
2. 本当かどうか、わからない／不知道是不是真的。
3. 明日休みかどうか、社長に聞いてみましょう／明天是否休息，問問社長吧。

此句型結構為「體言（或動詞、或形容詞終止形、或形容動詞語幹）＋かどうか」。用於表示肯定與否的時候。

03月16日

～かもしれない／也許…；恐怕…；說不定…；可能…

1. 私はそんなことを言ったかもしれない／我也許說過那樣的話。
2. あの映画は退屈かもしれない／那部電影恐怕很無聊。
3. 明日の試験は難しいかもしれない／明天的考試也許會很難。

此句型結構為「動詞（或形容詞終止形、或體言、或形容動詞語幹）＋かもしれない」。表示不確實的判斷，實際情況如何不清楚，判斷事物可能是這樣或那樣。

～がる；～がっている／感覺……；覺得……

1. 怖_{こわ}がらなくてもいいのよ。この人_{ひと}はお母_{かあ}さんの友達_{ともだち}なの。／不要害怕，這個人是你媽媽的朋友。

2. 彼_{かれ}はとてもあなたに会_あいたがっています／他非常想見你。

3. 李_りさんは故郷_{ふるさと}を懐_{なつ}かしがっています／小李懷念著故鄉。

此句型結構為「形容詞（或形容動詞語幹、或助動詞「たい」的語幹）＋がる（或がっている）」。表示第三人稱顯露在外的樣子、狀態。がる表示外露的樣態；がっている表示樣態一直持續到說話時。「～がる」變成客觀敘述的動詞，不能用於第一人稱。

～こと／…事情

1. 言_いうことは易_{やさ}しいが行_{おこな}うことは難_{むずか}しい／說起來容易，做起來難。

2. 私_{わたし}もあなたのことはつかの間_まも忘_{わす}れたことはありません／我一刻也不曾忘記過你。

此句型結構為「用言連體形＋こと」。接在句子或詞組等後面，使該句子或詞組具有名詞詞性，在句中充當某些句子的成分。

～ことがある／曾經……過……

1. 私は一度アフリカへ行ったことがあります／我曾經去過非洲一次。

2. そんな話は聞いたことがあります／那樣的事我曾聽說過。

3. 高橋さんにはこれまでに2回お会いしたことがあります／迄今為止我見過高橋先生兩次。

此句型結構為「動詞過去式＋ことがある」。表示曾經有過某種體驗、經歷。

03月20日

～ことがある／有做…過

1. 私はあの人ほど素晴らしい人に会ったことがありません／我沒見過像他那麼優秀的人。

2. このレストランでスペゲッティを食べたことがあります／曾在這家餐廳吃過義大利麵。

3. あなたは富士山に登ったことがありますか／你爬過富士山嗎？

此句型結構為「動詞過去式＋ことがある」。ことがある接在動詞た形後，表示過去曾經有過或做過什麼事情。

～ことができる／可以…；能…；會…

1. 彼_{かれ}は日本語_{にほんご}を話_{はな}すことができますか／他會講日語嗎？

2. 信頼_{しんらい}してくれる人々_{ひとびと}を失望_{しつぼう}させることはできない／不能讓信賴我的人失望。

3. 残念_{ざんねん}ですが、ご要望_{ようぼう}にお答_{こた}えすることはできません／很遺憾，我不能滿足您的要求。

此句型結構為「動詞原形＋ことができる」。～ことができる接在動詞原形後，表示能夠做什麼。其否定形式為「～ことはできない」。

～ことにする／決定…

1. 今日_{きょう}はどこへも行_いかないで勉強_{べんきょう}することにしたよ／我決定今天哪兒也不去，決定要念書。

2. 私_{わたし}は毎日必_{まいにちかなら}ず日記_{にっき}をつけることにしている／我每天都寫日記。

3. 小遣_{こづか}いは毎月百円_{まいつきひゃくえん}を越_こさないことにしている／每個月的零用錢都控制在一百日圓以內。

此句型結構為「動詞連體形＋ことにする（或ことにしている）」。ことにする接在動詞連體形後，表示說話者所做的主觀決定。ことにしている表示說話者或別人做出決定之後，現在正遵照執行。

重點

～ことになる／結果……；就會……

 實用語句

1. 成績がよくなかったので、また試験を受けることになりました／因為成績不佳，結果還得參加考試。

2. こんなことになるとは思わなかった／沒想到會變成這個樣子。

3. この道をまっすぐ行けば銀行の前に出ることになる／沿著這條路直走就會來到銀行前面。

 小提醒

此句型結構為「動詞連體形＋ことになる」。表示狀態變化的結果或事物的發展趨勢。

03月24日

 重點

～（さ）せていただく／請允許（我、我們）…

 實用語句

1. 取り急ぎ安着のご報告をさせていただきます／匆匆向您報告我已經平安到達。

2. 用があるので、お先に帰らせていただきます／因為有事，請讓我先走一步。

3. 本日休業させていただきます／今天休息。

 小提醒

此句型結構為「五段（或サ行變格動詞連用形）＋せていただく」「一段（或カ行變格動詞連用形）＋させていただく」。表示以謙遜的語氣請求他人允許自己做某事。

～そうだ／聽說……；據說……

1. あの人は東京大学の学生だそうです／聽說他是東京大學的學生。

2. 天気予報によると、明日雨が降るそうです／據天氣預報說明天有雨。

3. 田中さんはタバコが嫌いだそうです／聽說田中先生不喜歡抽煙。

此句型結構為「用言（或助動詞終止形）＋そうだ」。經常以「～によると～そうだ」的形式來表示傳聞。そうだ是傳聞助動詞，によると表示傳聞的根據或出處，有時可省略。

03月26日

～出す／……出來了；……出來的

1. 煙が隙間からふき出します／煙從縫隙噴出。

2. 彼女はしゃべり出したら、止まらない／她一打開話匣子就沒完。

3. 雨が降り出しました／下起雨來了。

此句型結構為「動詞連用形＋出す」。接在動詞連用形後構成複合動詞。①表示向外部移動。②表示某種動作「開始」的意思。③表示做出來、顯現出來。

~ため（に）／爲了…

1. 疲れを癒すためにサウナへ行った／為了消除疲勞去做了蒸氣浴。

2. 川に落ちた子供を救うため、命を落とした／為救掉進河裡的小孩，而失去了生命。

3. この番組はテレビのために作られたものです／這個節目是為了電視而製作。

 此句型結構為「動詞連體形（或體言＋の）＋ため（に）」。ため用於表示目的時，一般要接在動詞原形之後。但偶爾也有接在動詞否定形之後的情況，即「～ないために」。古語中的「動詞未然形＋んがため」的表達方式，也偶爾出現在書面語中。

 ~ために／因爲…；由於…

1. 運動会は雨のために順延しました／運動會因雨順延。

2. 事故があったために遅刻しました／因為交通事故而遲到。

3. 台風のために、旅行に行けませんでした／因為颱風的緣故，所以沒能去旅行。

 此句型結構為「用言連體形（或體言＋の）＋ために」。這個句型表示原因，其意思與「～せいで」「～おかげで」類似。句型中的用言連體形，是指除了動詞原形之外的用言的連體形。

~たらどうですか／…怎麼樣；…好不好

1. 日本語で日記を書いてみたらどうですか／用日語寫寫看日記怎麼樣？

2. 地図を書いてもらったらどうですか／請你畫張地圖好不好？

3. 家へ遊びに来たらどうですか／到我家來玩好不好？

此句型結構為「動詞連用形＋たらどうですか」。表示勸誘或建議對方做某事，語氣較委婉。有時也含有責怪對方不去做某事的意思。

~つもりだ／打算…；將要…

1. 大学を卒業してから、日本へ留学するつもりです／我大學畢業後打算去日本留學。

2. 若いころ、医者になるつもりでした／我年輕時想當醫生。

3. あなたは将来会社に勤めるつもりですか／你將來打算在公司工作嗎？

此句型結構為「動詞連體形（或連體詞）＋つもりだ」。表示說話者內心的打算或計畫，疑問句用於第二人稱，其否定形式為つもりはありません。

重點

～ていく／…下去

實用語句

1. 子供はこの部屋から走っていきました／孩子從這個房間跑出去了。

2. 物価はどんどん上がっていく／物價不斷地上漲。

3. おじいさんの病気はますます重くなっていった／爺爺的病越來越嚴重了。

小提醒

此句型結構為「動詞連用形＋ていく」。①表示某種動作由近而遠地移動或變化。②表示某種狀態從某時間開始繼續下去。

重點

～ていただく／請…；請您…

 實用語句

1. 先生に作文を直していただきました／請老師修改了作文。
2. もう一度説明していただけないでしょうか／能否請您再講一遍？
3. 今日はいろいろと話していただいて、たいへん勉強になりました／今天您給我們講了很多，受益良多。

 小提醒

此句型結構為「動詞連用形＋ていただく」。一般用於請長輩或地位高於自己的人為自己做某事。是「～てもらう」的自謙形式。

04月02日

 重點

～ているところだ／正在……

 實用語句

1. 父は帰ってきたばかりで、今、食事をしているところです／父親剛回來，現在正在吃飯。
2. みんなは木村先生の講演を聞いているところです／大家正在聽木村老師的演講。
3. 今、資料を集めているところです／現在正在收集資料。

 小提醒

此句型結構為「動詞連用形＋ているところだ」。接續在繼續動詞連用形後，表示正在進行某種動作。

~ておく / 事先……；……繼續著

1. コンピューターに作業の手順を教えておきます／事
   先把作業程序輸入電腦。
2. 傷んだところをそのままにしておきます／對受損的
   部分就這樣置之不理。
3. 本を閉じずに開けたままにしておいてください／請
   不要把書合上，就那麼打開來放著。

此句型結構為「動詞連用形＋ておく」。「おく」表示為了某
種特定的目的，事先做好準備工作，也表示讓某種狀態繼續保
持下來。

~てくださる / …給…；…幫我…

1. 先生は私のために推薦状を書いてくださいまし
   た／老師幫我寫了推薦信。
2. お忙しいところをわざわざ来てくださって、ありが
   とうございます／百忙之中特意來看我，非常感謝。
3. これは部長が貸してくださった書類です／這是部長
   借給我的文件。

此句型結構為「動詞連用形＋てくださる」。表示他人為自己
或與自己有關的人做某事。是「～てくれる」的敬語說法，表
示上級或長輩，為下級或晚輩做某件事情。

重點

～てくる／…起來；…過來

 實用語句

1. 父は昨日日本から帰ってきた／父親昨天從日本回來了。
2. 日本語がだいぶ上手になってきましたね／日語說得好多了呀。
3. バスがだんだん込んできた／公車裡越來越擁擠了。

 小提醒

此句型結構為「動詞連用形＋てくる」。①表示某種動作由遠及近地移動或變化。②表示某種變化或過程的開始。

 重點

～てくれる／…為我…；…幫我…

 實用語句

1. 友達が私の荷物を運んでくれる予定です／打算由朋友為我搬行李。
2. あの辞書を取ってくれ／把那本辭典拿給我。
3. いくら頼んでも手伝ってくれない／怎麼求他，也不幫我。

 小提醒

此句型結構為「動詞連用形＋てくれる」。表示他人為自己或與自己有關的人做某事或某動作。為「受益」的講法。

～てさしあげる / …給…

1. 私はお客さんに京都を案内してさしあげました
   /我帶客人參觀了京都。
2. 私は先生に記念写真をおくってさしあげました/
   我給老師寄了紀念照。
3. あなたはお父さんに何を買ってさしあげましたか/
   你給你父親買了什麼?

此句型結構為「動詞連用形＋てさしあげる」。表示為他人做某事。比「～てあげる」語氣敬重一些。一般用於年齡、地位、身分相差懸殊的人之間。

04月08日

～てしまう / ……完了；……了

1. 彼は病気で３５歳死んでしまいました/他35歳就病逝了。
2. 新しい時計をうっかり壊してしまいました/由於疏忽把新錶弄壞了。
3. 昨日の宿題を全部やってしまいました/昨天的作業全部做完了。

此句型結構為「動詞連用形＋てしまう」。補助動詞「しまう」表示動作、作用的全部完成和結束。當動詞完成後所表達的結果，不是說話者所期望的，或說話者在無意識下做出的事時，會產生因無可挽回而感到遺憾、惋惜、後悔等語氣。

～てはいけない／不許…；不准…

1. 教室でタバコを吸ってはいけません／不許在教室吸煙。
2. 外でコートを脱いではいけません／不要在外面脱大衣。
3. 作文は短くてはいけません／作文不能寫得太短。

此句型結構為「用言連用形＋てはいけない」。表示禁止、不許可的意思。

～てみる／試試…；…看看

1. どうぞ食べてみてください／請嘗嘗看吧。
2. 着てみてから買いましょう／試穿之後再買。
3. 出来るかどうかやってみる／試試看能不能。

此句型結構為「動詞連用形＋てみる」。表示動作、行為的嘗試。

～てもいい／可以…

1. 君は病気だから来なくてもいい／因為你生病，不來也沒關係。

2. ここでタバコを吸ってもいいですか／可以在這兒吸煙嗎？

小提醒

此句型結構為「用言（或部分助動詞連用形）＋てもいい」。表示允許、同意做某動作或出現某種狀態。接續言う、思う、考える、見る等，以「～と言ってもいい」「～と見てもいい」的形式，表示承認と所引用的事實。

04月12日

～てもかまわない／…也不要緊；…也沒關係

1. 子供を連れてきてもかまいません／帶孩子來也沒關係。

2. 品がよければ高くてもかまいません／東西好的話，貴一點也不要緊。

3. 靴のまま入ってもかまいません／穿鞋進來也沒關係。

小提醒

此句型結構為「動詞（或形容詞連用形、或形容動詞語幹、或體言）＋てもかまわない」。表示允許做某事、即使做某事也沒關係，與「てもいい」「ても結構だ」意思基本上相同。

重點

～てもらう／…給…；請…給…

 實用語句

1. 早<ruby>早<rt>はや</rt></ruby>く<ruby>医者<rt>いしゃ</rt></ruby>に<ruby>診<rt>み</rt></ruby>てもらったほうがいい／還是早點請醫生看看比較好。

2. <ruby>私<rt>わたし</rt></ruby>は<ruby>友達<rt>ともだち</rt></ruby>に<ruby>日本<rt>にほん</rt></ruby>の<ruby>地図<rt>ちず</rt></ruby>を<ruby>買<rt>か</rt></ruby>ってもらいました／請朋友給我買了日本地圖。

3. <ruby>君<rt>きみ</rt></ruby>に<ruby>手伝<rt>てつだ</rt></ruby>ってもらいたい／想請你幫幫忙。

 小提醒

此句型結構為「動詞連用形＋てもらう」。表示請求他人為自己或與自己有關的人做某事。

 重點

～と～／一…就…

 實用語句

1. <ruby>話<rt>はなし</rt></ruby>が<ruby>始<rt>はじ</rt></ruby>まると、あたりは<ruby>静<rt>しず</rt></ruby>かになった／一開始說話，週遭就變得很安靜。

2. <ruby>電車<rt>でんしゃ</rt></ruby>が<ruby>止<rt>と</rt></ruby>まると、<ruby>乗<rt>の</rt></ruby>っていた<ruby>人<rt>ひと</rt></ruby>が<ruby>降<rt>お</rt></ruby>り<ruby>始<rt>はじ</rt></ruby>めた／電車一停，乘客就開始下車。

3. <ruby>冬<rt>ふゆ</rt></ruby>になると、<ruby>北風<rt>きたかぜ</rt></ruby>がビュービューと<ruby>吹<rt>ふ</rt></ruby>いてくる／一到冬天，北風就呼呼地吹來。

 小提醒

此句型結構為「動詞原形＋と～」。接在動詞原形後，表示行為的動作、狀態等相繼或者連帶發生，相當於中文的「一…就…」。

～と言う／…說…

1. 子供が携帯電話を欲しいと言います／小孩子說想要手機。
2. 日本では食事の前に「いただきます」と言います／在日本用餐前要說「いただきます」。
3. 彼はちょっと急用があるからと言って、さっさと帰りました／他說有點急事，就急急忙忙地回去了。

此句型結構為「終止形＋という」。以表示引用、思考、稱謂等意義的動詞（常用的有：言う、思う、考える等）作為述語時，其具體內容要用と來提示。

というのは～／因為…；是因為……

1. 父は彼を信用していませんでした。というのは、それまでに何度もだまされましたから／父親不相信他，是因為以前被他騙過很多次。
2. 私はいつも手帳を持って歩いている。というのは、このごろ物忘れがひどくなったからです／我總是隨身帶著記事本。因為近來特別健忘。

此句型結構為「句子＋というのは＋句子＋からです（或から）」。用於連接句子，其用法和意思與なぜなら基本上相同，也是用於對前項所述事由的說明。不同之處是，なぜなら屬於書面用語，而というのは多用於日常會話。

～なければいけない／必須…；應該…；要…

1. 今日はお金を払わなければいけません／今天必須付錢。

2. 大切なことは親と相談しなければいけません／重要的事情一定要和父母商量。

3. 明日、本を持って行かなければいけません／明天必須帶書去。

此句型結構為「動詞未然形（或形容詞、或形容動詞連用形、或名詞＋で）＋なければいけない」。該句型表示不做某事不行，必須做某事的意思，含有命令的語氣。

04月18日

～なくてもいい／不……也沒關係；沒有……也不要緊；用不著…

1. ビールさえあれば、ほかの飲み物はなくてもいい／只要有啤酒，沒有別的飲料也可以。

2. 休日には学校へ行かなくてもいい／假日不去學校也沒關係。

此句型結構為「動詞未然形（或體言＋で）＋なくてもいい」。なく是否定助動詞ない的連用形；ても是接續助詞，表示逆接條件，該句型表示不這樣做也可以。

重點 〜なくてもかまいません／不……也沒關係；沒有……也不要緊；用不著…

實用語句

1. この部屋は毎日掃除をしなくてもかまいません／這個房間用不著每天打掃。

2. 今晩のコンサートは入場券がなくてもかまいません／今晚的音樂會沒有入場券也不要緊。

小提醒 此句型結構為「動詞未然形（或形容詞、或形容動詞連用形、或體言）＋なくてもかまいません」。なく是否定助動詞ない的連用形；ても是接續助詞，表示逆接條件；かまいません與いい意思基本上相同。該句型表示也可以不做某事。

04月20日

重點 〜なければならない／必須…；應該…；要…

實用語句

1. お客さんに話す言葉は丁寧でなければなりません／對客人說話必須要有禮貌。

2. 普段着は丈夫でなければなりません／平時穿的衣服要耐穿。

小提醒 此句型結構為「動詞未然形（或形容詞、或形容動詞連用形、或名詞＋で）＋なければならない」。表示有義務理應做某事。口語中有時用「なくちゃならない」。

重點

～にくい ／ 難以……；難……；不容易……

 實用語句

1. 早口言葉は言いにくい／繞口令不容易說。
2. この薬は苦くて、飲みにくい／這種藥很苦，很難喝。
3. 覚えにくい単語が多くて困る／難記的單字太多，很傷腦筋。

 小提醒

此句型結構為「動詞連用形＋にくい」。にくい屬於口頭用語，用於日常會話中。表示由於客觀存在的原因而難以達到某種程度，也表示某事物對某種作用、動作具有一定程度的抗拒。

 重點

～のに～ ／ 為了…

 實用語句

1. 卒論を書くのに半年ぐらいかかりました／為了寫畢業論文，花了半年的時間。
2. 暖房は冬を快適に過ごすのに不可欠です／為了能舒適地過冬，暖氣設備是不可缺少的。

 小提醒

此句型結構為「動詞原形＋のに～」。のに中的の是形式體言，用於將前面的用言或句子體言化，後加に表示「為達此目的……」的意思。

～は～より～／比起…

實用語句

1. 今日は昨日より暖かいです／今天比昨天暖和。
2. 駅の前は公園よりにぎやかです／火車站前比公園熱鬧。
3. 試験は思ったより易しかったです／考試比預料的容易。

小提醒　此句型結構為「～は＋體言（或用言連體形）＋より＋形容詞（或形容動詞）」。這是表示兩種事物進行比較的句型，以形容詞或形容動詞作為述語，相當於中文的「比…怎麼樣」。

～ばかり／僅…；只…；淨…

實用語句

1. 人生は雨の日ばかりじゃない／人生中並非只有雨天。
2. 彼はこのごろ漫画ばかり読んでいる／他最近光看漫畫。
3. 彼は悪い人とばかり付き合っている／他淨跟壞人交往。

小提醒　此句型結構為「體言（或用言連體形、或部分助詞）＋ばかり」。用於表示限定的範圍。

重點

～はずがない（或はずはありません）／不可能……；不會……

 實用語句

1. 彼_{かれ}は病気_{びょうき}で寝_ねているんだから来_くるはずはありません／他因病休息，所以不會來。

2. そんな小_{ちい}さなことで怒_{おこ}るはずはありません／不會因為那種小事生氣。

3. そんなことは子供_{こども}には分_わかるはずがない／那種事小孩是不會明白的。

 小提醒

此句型結構為「用言（或助動詞連體形）＋はずがない（或はずはありません）」。用於提示出理由、道理，表示以某種事實為依據並做出判斷因而認為不具可能性。

04月26日

 重點

～はずだ／按理說…；理應…；應該…

 實用語句

1. 確_{たし}かに昨日_{きのう}そこに置_おいたんだから、あるはずだ／昨天的確放在那兒了，應該在呀。

2. 九州_{きゅうしゅう}は今_{いま}梅雨_{つゆ}に入_{はい}っているはずです／九州現在應該進入梅雨季了。

3. 今年_{ことし}の四月_{しがつ}に帰国_{きこく}するはずです／預定今年四月份回國。

 小提醒

此句型結構為「用言連體形＋はずだ」。表示預測某事物理應是某種情形，是以某事實為根據進行推測、估計未知的事實。另外，也用來表示預定。

～ほうがいい／最好…；…較好

1. 疲れているんだから、早く寝たほうがいいでしょう
   ／你累了，最好還是早點睡的好。

2. タバコはやめたほうがいいです／香煙還是戒了的好。

3. きょうはかさを持っていったほうがいいですよ／今
   天帶傘去比較好喔！

此句型結構為「動詞（或助動詞連體形）＋ほうがいい」。表示向對方提出建議或勸告，勸說對方採取某種行為。ほう接在動詞連體形後，一般用過去式，但也可以用現在式。

04月28日

～ほど～ない／沒有比…更…；不像…那樣…

1. 今年の冬は去年ほど寒くない／今年冬天不像去年那
   麼冷。

2. 事実は想像したほど簡単ではなかった／事實並不如
   想像的那樣簡單。

3. 私は李さんほど弱くない／我不像小李那麼軟弱。

此句型結構為「體言（或用言連體形）＋ほど＋形容詞（或形容動詞連用形）＋ない」。用於兩者之間的比較。

（〜から）〜まで／（從）…到…；在…之前

1. このビザは来年（らいねん）の4月9日（しがつここのか）まで有効（ゆうこう）です／此簽證的有效期限為明年的4月9日。

2. 私（わたし）が帰（かえ）ってくるまで、ここで待（ま）っていてください／請在這裡等我回來。

3. 彼女（かのじょ）は朝（あさ）から晩（ばん）まで働（はたら）いています／她從早到晚地工作著。

此句型結構為「（〜から）時間（或地點）＋まで」。接續在與時間、地點有關的詞語後，表示終點或到達點。常與から搭配使用，表示期間或區間。

〜まま／原封不動…；照舊…

1. 靴（くつ）のまま入（はい）ってください／請穿著鞋進來吧。

2. すっかりくたびれたので電気（でんき）をつけたまま寝（ね）てしまった／因為非常累，所以開著燈就睡著了。

3. このコートは一度（いちど）も着（き）ていません。新（あたら）しいままです／這件外套一次也沒穿過，還新新的。

此句型結構為「體言＋の（或動詞過去式、或形容詞連體形）＋まま」。用於表示原封不動的狀態。

～も～／連…也不…；連…也沒有…

1. あそこへは一度も行ったことがない／我一次也沒去過那裡。

2. このクラスには男の学生は一人もいません／這個班上一個男生也沒有。

3. 先生に会って挨拶もしない／見到老師連招呼也不打。

此句型結構為「體言＋も＋否定」。表示否定，是一種語氣較強的否定表達方式。

～やすい／容易……；易於……

1. 真夏だから、こんな魚は腐りやすい／現在正值盛夏，這種魚容易壞。

2. 書きやすい万年筆だから、毎日これを使っている／這支鋼筆很好寫，我每天都用它。

3. ついに夏が過ぎ去って、しのぎやすい季節になりました／夏天終於過去了，到了容易度過的季節了。

此句型結構為「動詞連用形＋やすい」。接續在無意志動詞後，表示某種事物具有「容易にそうなる」、「そうなりがちだ」的性質。接續在意志動詞後，表示「するのがやさしい」、「するのが平易だ」的意思。

重點

～（よ）うと思う；～（よ）うと考える／想要…

 實用語句

1. 彼は一度は大学進学をあきらめようと思ったそうです／聽說他一度想放棄考大學。
2. 私は芸能界目指そうと思う／我打算以進演藝圈作為目標。
3. 私は冬休みに国へ帰ろうと考えています／我寒假想回國。
4. 私はブログを引っ越そうと考えています／我想將部落格搬家。

 小提醒

此句型結構為「動詞推量形＋（よ）うと思う（或考える）」。表示說話者的意志，「（よ）うと思う」或「（よ）うと考える」表示第一人稱的意志，疑問句可以用於第二人稱。「（よ）うと思っている」或「（よ）うと考えている」不受人稱限制，可以表示任何人稱的意志並有一直持續到說話時的含義。該句的否定形式是「（よ）うと思いません」。

～ようにする / 做到…；要…

1. 健康のために 体 を鍛えるようにします／為了健康要盡量鍛鍊身體。
2. 遅れないようにしてください／請不要遲到。
3. 電車の中では、大きい声で話さないようにしましょう／在電車裡不要大聲講話。

小提醒 此句型結構為「動詞（或部分助動詞連體形）＋ようにする」。表示說話者有意識地努力做到某件事情。

05月05日

～ように見える / 看上去像是……

1. 飛行機から見ると建物がマッチ箱のように小さく見える／從飛機上看，建築物小得像火柴盒。
2. この絵は遠くから見ると、カラー写真のように見える／這幅畫從遠處看像一張彩色照片。
3. この造花は本物のように見える／這個假花看上去和真的一樣。

小提醒 此句型結構為「體言＋の（或動詞、或助動詞連體形）＋ように見える」。ように是比況助動詞ようだ的連用形，表示某人、某事物看上去像另一種人或另一種事物，但實際上並非如此。

～ほうが～より；～より～ほうが／與…相比；與其…不如

1. 観光バスのほうが汽車より早い／觀光巴士要比火車快。

2. 汽車で行くほうが飛行機で行くより便利だ／坐火車去比坐飛機去還方便。

3. 家でぶらぶらしているよりは、安くでも何かアルバイトをしているほうがましだ／與其在家閒晃，還不如打工好，哪怕沒多少錢也好。

4. カボチャより猫のほうが小さいです／貓要比南瓜小。

此句型結構為「用言連體形（或體言＋の）＋ほうが～より」「名詞（或動詞連體形）＋より～ほうが～」。這個句型只用於兩種事物、東西的比較。三種或三種以上的事物相比時，要用「～と～と～はどちら（或どれ等疑問詞）が～」的句型。

如：「王さんと李さんと白さんはどちらが背が高いですか」

（小王、小李和小白，誰的個子比較高？）

～らしい／像……樣子；有……風度

1. 僕は<ruby>男<rt>おとこ</rt></ruby>らしい<ruby>男<rt>おとこ</rt></ruby>になりたい／我要做一名真正的男子漢。

2. あの<ruby>人<rt></rt></ruby>は<ruby>学者<rt>がくしゃ</rt></ruby>らしい<ruby>学者<rt>がくしゃ</rt></ruby>だ／他是個有學者風範的人。

3. あまりにもひねていて、<ruby>子供<rt>こども</rt></ruby>らしくない／太老成了，沒有一個孩子樣。

此句型結構為「名詞＋らしい」。表示人或事物完全具備本身應有的特性、性質等，屬於肯定的評價。らしい是接尾詞，接在名詞後構成複合形容詞。

～れる（或られる）／不由得……

1. この<ruby>写真<rt>しゃしん</rt></ruby>を<ruby>見<rt>み</rt></ruby>ると、<ruby>子供<rt>こども</rt></ruby>のころのことが<ruby>思<rt>おも</rt></ruby>い<ruby>出<rt>だ</rt></ruby>されます／每當看到這張照片，不由得想起小時候的事情。

2. <ruby>子供<rt>こども</rt></ruby>の<ruby>将来<rt>しょうらい</rt></ruby>が<ruby>案<rt>あん</rt></ruby>じられてならない／孩子的前途令人擔心。

3. <ruby>戦地<rt>せんち</rt></ruby>にいる<ruby>息子<rt>むすこ</rt></ruby>のことが<ruby>案<rt>あん</rt></ruby>じられてならない／非常擔心戰場上的兒子。

此句型結構為「五段活用動詞（或サ行變格活用動詞未然形）＋れる」「一段活用動詞（或カ行變格活用動詞未然形、或助動詞「せる」「させる」的未然形）＋られる」。表示自發的行為。

重點

 實用語句

～あげく／…的結果；最後…；到頭來…

1. 長い苦労のあげく、とうとう死んでしまった／長期辛勞的結果，終於去世了。

2. 口げんかのあげく、つかみ合いになった／爭吵了一陣子之後，最後扭打起來了。

3. いろいろ考えたあげく、ここを離れることにしました／再三考慮之後，決定離開此地。

 小提醒

此句型結構為「動詞過去式（或體言＋の）＋あげく」。表示不理想、不好的結果。

05月10日

 重點

 實用語句

あまりにも～／過於…；太…

1. ゆったりしたシャツは好きだが、これはあまりにも大きすぎる／我喜歡寬鬆的襯衫，但這件也太大了。

2. これはあまりにも常識を超えたとっぴな考えであった／這是一個超越常識的離奇的想法。

3. けれども、そういうあまりにも当然なことが、なかなか行われない／可是，即使是這麼理所當然的事，也很不容易做到。

 小提醒

此句型結構為「あまりにも＋形容詞等」。表示程度很高，一般用於修飾形容詞等狀態性詞語，與あまり不同，既可用在子句中，也可以用在主句中。

〜一方<ruby>一方<rt>いっぽう</rt></ruby>で / 一方面…一方面…；…的同時…

1. <ruby>勉強<rt>べんきょう</rt></ruby>する<ruby>一方<rt>いっぽう</rt></ruby>で、<ruby>遊<rt>あそ</rt></ruby>ぶことも<ruby>忘<rt>わす</rt></ruby>れない。そんな<ruby>学生<rt>がくせい</rt></ruby>が<ruby>増<rt>ふ</rt></ruby>えている／學習的同時也不忘記娛樂的學生不斷增加。

2. <ruby>兄<rt>あに</rt></ruby>がお<ruby>父<rt>とう</rt></ruby>さんに<ruby>似<rt>に</rt></ruby>ている<ruby>一方<rt>いっぽう</rt></ruby>で、<ruby>弟<rt>おとうと</rt></ruby>のほうはお<ruby>母<rt>かあ</rt></ruby>さんに<ruby>似<rt>に</rt></ruby>ている／哥哥長得像父親，而弟弟長得像母親。

此句型結構為「用言連體形＋<ruby>一方<rt>いっぽう</rt></ruby>で」。用於表示事物的對比。

〜<ruby>一方<rt>いっぽう</rt></ruby>だ / 越來越……；一味地……；一直地……

1. <ruby>農工業<rt>のうこうぎょう</rt></ruby>の<ruby>発展<rt>はってん</rt></ruby>につれて、<ruby>人民<rt>じんみん</rt></ruby>の<ruby>暮<rt>く</rt></ruby>らしはよくなる<ruby>一方<rt>いっぽう</rt></ruby>だ／隨著農工業的發展，人民生活越來越好。

2. <ruby>石油<rt>せきゆ</rt></ruby>に<ruby>対<rt>たい</rt></ruby>する<ruby>需要<rt>じゅよう</rt></ruby>はいよいよ<ruby>増加<rt>ぞうか</rt></ruby>する<ruby>一方<rt>いっぽう</rt></ruby>だ／對石油的需求越來越大。

此句型結構為「用言連體形＋<ruby>一方<rt>いっぽう</rt></ruby>だ」。表示某種事物或某種狀態、傾向、情況朝著某一方向發展下去。

～うえに／…而且…；還…；不僅…而且…

1. 彼は歌手であるうえに俳優でもある／他既是歌手又是演員。

2. そこの店は物が悪いうえに値段が高い／那家店東西不好，而且價錢昂貴。

3. 父は目が悪いうえに耳も遠い／父親眼睛不好，耳朵又背。

此句型結構為「用言連體形（或體言＋の）」＋うえに」。用於表示事物累加、遞增的情形。

～うえで／在…之後

1. 詳しいことはお目にかかったうえで、またご相談いたしましょう／詳細情況待見面之後再商量吧。

2. 申込書の書き方をよく読んだうえで、記入してください／請詳細閱讀申請書的書寫格式之後再填寫。

此句型結構為「動詞過去式（或名詞＋の）＋うえで」。表示行為、動作的前提條件，意思是「在…基礎上」去做什麼事情。一般接續在動詞過去式後，有時也可以接續在動詞性的名詞之後。

～うえは／既然…

1. 実行するうえは、十分な準備が必要だ／既然要實際去做，就得做好充分準備。
2. 彼が行きたくないうえは、私も彼をしいるわけにはいかない／既然他不願意去，我也不好強迫他。
3. 医者が大丈夫と言ったうえは、この手術は成功するだろう／既然醫生說了沒問題，這個手術就一定能成功。

此句型結構為「動詞原形、動詞過去式＋うえは」。うえ接在動詞原形或過去式後，表示說話者將在下文陳述自己的意見或理由，後項一般為說話者的判斷、決心或對他人勸告、命令等內容。意思與「～以上は」「～からには」類似。

～うえ（で）／…之後；…然後…

1. 両親と相談のうえで決めます／和父母商量後再決定。
2. その件につきましては、調査のうえ、お答えします／關於那件事，調查之後給予答覆。
3. みんなで検討したうえで、ご報告します／大家研究之後再報告。

此句型結構為「動詞過去式（或體言＋の）＋うえ（で）」。表示在前項基礎上完成後項的行為。

〜うちに／在…期間；在…的時候

1. 本を読んでいるうちにいつの間にか眠ってしまった／在讀書的時候，不知不覺地睡著了。

2. 二人で話しているうちに、李さんのうちにつきました／我們兩個人聊著聊著就到小李家了。

3. 話を聞いているうちに、だんだん泣きたくなってきました／聽著聽著就想哭。

此句型結構為「用言連體形＋うちに」。用於表示事物在發展的進程中。

〜うちに／趁著…的時候

1. 休みのうちに、大掃除をすませましょう／趁著放假的時候，做完大掃除。

2. 暗くならないうちに、家に帰りましょう／趁天還沒黑，回家去吧。

3. 忘れないうちに、ノートに書いておきましょう／趁著還沒忘記時，寫在筆記本上吧。

此句型結構為「用言連體形（或名詞＋の）＋うちに」。用於表示在某個時期做某事時。

~うる／能…

1. それくらいのことなら、誰でも 考 えうることだ／
　這麼簡單的事誰都會想到。
2. それはわれわれの 考 えうる 最 上の方法だった／
　這是我們能想到的最好的方法。
3. 人間が耐えうる電圧は何ボルトですか／人類所能承
　受的電壓是幾伏特？

此句型結構為「意志動詞連用形＋うる」。うる是結尾詞，表
示能夠做該事項，與「～ことができる」意思相同，其否定形
式是「意志動詞連用形＋うない」。

~恐れがある／有…的危險；恐怕要…；有可
能…

1. この本は大学生に悪い 影 響 を与える恐れがある／
　這本書有可能給大學生帶來不良影響。
2. 天気予報によると、台風が上 陸する恐れがある／
　根據天氣預報颱風有可能登陸。
3. 今日は大雨が降る恐れがある／今天有可能下大雨。

此句型結構為「動詞連用形＋恐れがある」。表示也許會發生
不良後果。恐れ用於表示有發生不良後果的可能性。

～のは～からだ／之所以……是因爲……

1. 会社（かいしゃ）に遅（おく）れたのは電車（でんしゃ）の事故（じこ）があったからです／上班遲到是因為電車發生了事故。
2. 今日（きょう）早（はや）く帰（かえ）るのは友達（ともだち）が家（いえ）に来（く）るからです／今天想早點回去，是因為朋友要到家裡來。
3. 行（い）くのを止（や）めたのは天気（てんき）が悪（わる）かったからです／不去是因為天氣不好。

此句型結構為「～のは＋常體句子＋からだ」。表示原因、理由，對產生的某種結果進行說明，先說出結果後敘述原因。

～か～ない（かの）うちに／剛一…就…；剛剛…就…

1. 家（いえ）に着（つ）くか着（つ）かないうちに、雨（あめ）が降（ふ）り出（だ）した／剛一到家就下起雨來了。
2. 私（わたし）たちは夜（よる）が明（あ）けるか明（あ）けないかのうちに出発（しゅっぱつ）した／我們在天剛亮時就出發了。
3. 彼（かれ）はバスが止（と）まるか止（と）まらないうちに飛（と）び降（お）りた／公車剛停，他就跳下車了。

此句型結構為「動詞終止形＋か＋同一動詞未然形＋ない（かの）うちに」。表示前一個動作發生後，立即發生後一個動作。因為表示現實事件，不能接續表示命令、意志、否定意義的動作。

～かぎり（の）～ / …極點；非常…；無比…

1. 力<ruby>力<rt>ちから</rt></ruby>かぎり<ruby>戦<rt>たたか</rt></ruby>ったが、ついに<ruby>負<rt>ま</rt></ruby>けてしまった／雖然盡力拼戰了，但最終還是失敗了。
2. <ruby>難民<rt>なんみん</rt></ruby>たちは<ruby>持<rt>も</rt></ruby>てるかぎりの<ruby>荷物<rt>にもつ</rt></ruby>を<ruby>持<rt>も</rt></ruby>って<ruby>逃<rt>に</rt></ruby>げていった／難民們把能拿的東西都拿著逃走了。
3. <ruby>夕方<rt>ゆうがた</rt></ruby>に<ruby>浮<rt>う</rt></ruby>かぶ<ruby>富士山<rt>ふじさん</rt></ruby>は<ruby>美<rt>うつく</rt></ruby>しいかぎりだ／浮現在夕陽中的富士山無比美麗。

此句型結構為「用言連體形（或名詞＋の）＋かぎり～」。かぎり接在名詞後面時，可以直接接續，也可以中間加の。這個句型表示事物、狀態等達到極限程度。

05月24日

～かぎりだ / ……極了；……之極

1. <ruby>彼女<rt>かのじょ</rt></ruby>と１０<ruby>年<rt>ねん</rt></ruby>ぶりに<ruby>再会<rt>さいかい</rt></ruby>して、<ruby>嬉<rt>うれ</rt></ruby>しいかぎりだった／時隔10年與她再次相見，真是高興極了。
2. <ruby>別荘<rt>べっそう</rt></ruby>を<ruby>持<rt>も</rt></ruby>っているなんて、<ruby>羨<rt>うらや</rt></ruby>ましいかぎりだ／你竟然擁有別墅，真是太令人羨慕了。
3. あんな<ruby>夜道<rt>よみち</rt></ruby>を<ruby>一人<rt>ひとり</rt></ruby>で<ruby>歩<rt>ある</rt></ruby>かされて、<ruby>心細<rt>こころぼそ</rt></ruby>いかぎりだった／讓我一個人走那麼遠的夜路，真是害怕極了。

此句型結構為「動詞（或形容詞連體形）＋かぎりだ」。表示喜怒哀樂等感情的極限、極點。

～かぎりでは／據…

1. 私の知っているかぎりでは、そんなことはありません／據我所知，沒有那種事情。
2. 私が聞いているかぎりでは、全員時間どおりに到着するということだ／我聽到的是（據我所知）全體人員都按時到達了。

此句型結構為「動詞連體形＋かぎりでは」。かぎり接在與「聽」「看見」「調查」等意思有關的名詞或動詞後，表示「在…範圍內」的意思，句子多以表示傳聞的「ということだ」及斷定語氣結尾。

 ～かぎりでは／在…範圍內；根據…

1. 私の知っているかぎりでは、彼はあなたの言うような人間ではない／據我所知，他並非像你所講的那種人。
2. 私の覚えているかぎりでは、この文型を習ったことはない／根據我的記憶，這個句型沒有學過。
3. 私の見たかぎりでは、このテレビが一番性能がいい／據我所看到的，這臺電視是性能最好的。

此句型結構為「用言連體形＋かぎりでは」。用於表示限定的範圍。

〜かける／剛要……；幾乎要……；即將……

1. 友達に大事な相談の手紙を書きかけた時、玄関のベルが鳴った／剛要給朋友寫協商要事的信時，門鈴就響了。

2. その猫は飢えでほとんど死にかけていたが、世話をしたら、奇跡的に命を取り戻した／那隻貓幾乎快要餓死，照顧之後又奇蹟似地活了。

3. 忙しい日々の中で忘れかけていた星空の美しさをこの島は思い出させてくれた／這個島又讓我想起因為整天忙碌而幾乎忘卻的美麗星空。

4. 火が消えかけている／火就要滅了。

此句型結構為「動詞連用形＋かける」。接續在繼續動詞後，表示動作的開始。也可以接續在瞬間動詞後，表示「即將……」。

05月28日

 重點

～がたい／難……；難以……

 實用語句

1. 弱_{よわ}い者_{もの}をいじめるとは許_{ゆる}しがたい行為_{こうい}だ／欺負弱者是不能允許的行為。
2. 4年間_{よねんかん}の大学生活_{だいがくせいかつ}も忘_{わす}れがたい思_{おも}い出_でとなった／四年的大學生活也成了難以忘懷的回憶。
3. 彼_{かれ}の発言_{はつげん}はみんなに忘_{わす}れがたい印象_{いんしょう}を与_{あた}えた／他的發言給人們留下了難以忘懷的印象。

 小提醒

此句型結構為「動詞連用形＋がたい」。表示「するのが難_{むずか}しい」的意思，即主觀感情上難以做到。為書面用語，文語表現形式多用於比較鄭重的場合，或用在演講、文章當中。

05月29日

 重點

～がち（だ或の）／往往……；常常……

 實用語句

1. この子_こは赤_{あか}ん坊_{ぼう}の時_{とき}から病気_{びょうき}がちだった／這個孩子自幼就多病。
2. 学生_{がくせい}は試験_{しけん}がないと、とかく怠_{なま}けがちになるものだ／學生沒有考試就常常偷懶。
3. 入学_{にゅうがく}した時_{とき}から授業_{じゅぎょう}に遅_{おく}れがちの学生_{がくせい}だった／從入學時就是個常常遲到的學生。

 小提醒

此句型結構為「名詞（或動詞連用形）＋がち（だ或の）」。表示某種情況或動作出現的頻率較高或傾向較強。「がち」是接尾詞，一般用於不好的方面，常以「とかく～がちだ」「ややもすると～がちだ」的形式來使用。

〜かと思うと／剛…就…；馬上就…；立刻就…

1. 雨が降り出したかと思うと、すぐ止んだ／雨才剛下，馬上就停了。
2. 子供は学校から帰ってきたかと思うと、すぐ遊びに行ってしまった／孩子剛從學校回來，馬上就跑出去玩了。
3. 立ち上がったかと思うと、また座り込んだ／剛站起來又坐下了。

此句型結構為「動詞連體形（或動詞過去式）＋かと思うと」。表示前一動作剛結束就出現後一種情形。

〜かと思ったら／剛一…就；以為…卻…

1. ふとんに入ったかと思ったら、すぐに眠ってしまった／剛進被窩裡，馬上就睡著了。
2. 今、現れたかと思ったら、もう姿を消してしまった／剛一出現，身影就消失了。
3. 何をやっているかと思ったら、チャットをしていた／以為在做什麼，原來是在上網聊天。

此句型結構為「動詞連體形（或動詞過去式）＋かと思ったら」。表示兩個動作幾乎同時發生。與「〜かと思うと」用法、意義都相同。

～かねない／可能…；容易…；很可能…

1. 公害<ruby>こうがい</ruby>はこれからの社会問題<ruby>しゃかいもんだい</ruby>になりかねない／公害很有可能成為今後的社會問題。

2. あんなスピートを出<ruby>だ</ruby>しては事故<ruby>じこ</ruby>も起<ruby>お</ruby>こしかねない／開得那麼快，很可能會出事。

3. 早<ruby>はや</ruby>く行<ruby>い</ruby>かないと、特急<ruby>とっきゅう</ruby>に遅<ruby>おく</ruby>れかねないよ／不趕快去，很有可能趕不上特快車。

此句型結構為「動詞連用形＋かねない」。表示不好的事情很有可能發生。

～かねる／難以…；不便…；不能…；不好意思…

1. こんな重大<ruby>じゅうだい</ruby>なことは私一人<ruby>わたしひとり</ruby>で決<ruby>き</ruby>めかねます／這麼重大的事情我一個人難以決定。

2. 彼<ruby>かれ</ruby>の容態<ruby>ようだい</ruby>には医者<ruby>いしゃ</ruby>も診断<ruby>しんだん</ruby>を下<ruby>おろ</ruby>しかねます／對於他的病情，醫生也很難下診斷。

此句型結構為「動詞連用形＋かねる」。表示說話者對該動作的實現難以容忍，或者認為有困難而加以拒絕。

～かのように / 好像……似的；似乎……

1. 彼は水を飲むかのようにがぶがぶ酒を飲んでいる／
他好像喝水似地大口大口地喝酒。
2. 彼はまるで実際に見てきたかのように英国について
語った／他好像實際看到了似地在談論著英國。
3. 私を殴ったかのように、父は手を挙げました／父
親舉起手，好像要打我似的。

此句型結構為「動詞（或助動詞終止形）＋かのように」。か
是副助詞，表示不確定；よう是比況助動詞，表示舉一例說明
事物與此相似，或完全相似。前面的か語氣委婉，表示不十分
肯定。

06月04日

～から～にかけて / 從…到…

1. 今朝東北地方から関東地方にかけて地震があった／
今天早晨從東北地方到關東地方發生了地震。
2. 朝7時半から8時半にかけて電車が一番込みます／
從早晨7點半到8點半之間電車最擁擠。
3. 夜中から朝にかけて大雨が降るそうだ／據說從半夜
到早晨下了大雨。

此句型結構為「體言＋から＋體言＋にかけて」。用於表示某
種程度或範圍時。

～からして／從…來看；根據…

1. 彼女は、話しぶりからして大変親しみやすいような人です／從談吐來看,就覺得她是個很容易親近的人。

2. あの人は顔からして強そうだ／從他的外表來看好像很堅強。

3. この子は声からしてかわいい／這個孩子從說話聲音來看很可愛。

此句型結構為「體言＋からして」。用於表示觀察事物的角度。不能接在人稱代名詞之後。

～からして／單從…就…；首先就…

1. 私はあの人が大嫌いだ、下品な話し方からして気に入らない／我非常討厭那個人,首先就不喜歡那種下流的說話方式。

2. 高級な料理は、使う材料からして違う／高級的飯菜,單從使用的材料來說就和普通飯菜不同。

3. この子供は顔つきからして利口そうだ／這個孩子從外表看起來就覺得很聰明。

此句型結構為「體言＋からして」。舉出一個具有代表性的例子,就能夠得出某種判斷,或引起某種感想,從而暗示其他。

～からすると（或からすれば）／ 從…來看；根據…

1. 私の考えからするとそういうやり方はあまりよくない／從我的想法來看，那種做法不太合適。

2. 話し方からすれば、彼は東京の人ではなさそうだ／從言談來看，他好像不是東京人。

3. あの人は服装からすれば、金がありそうだ／從他的服裝來判斷，好像很有錢。

此句型結構為「體言＋からすると（或からすれば）」。用於表示判斷的根據時。不能接在人稱代名詞後面。

～にしてみれば／ 從…來說；對於…來說；作爲…來說

1. 学生にしてみれば、在学中は、たくさん勉強したいだろう／從學生的立場來說，在校期間總想多學一點吧。

2. 私は軽い気持ちで話していたのだが、彼にしてみれば、大きな問題だったのだろう／我是說起來很輕鬆，但對他來說，也許問題比較嚴重。

此句型結構為「體言＋にしてみれば」。用於表示若站在某人的立場，觀點就會有所不同時。

重點

~から見(み)ると（或から見(み)れば、或から見(み)て、或から見(み)たら）／從…來看；比起…；若從…來說

 實用語句

1. 話(はな)し方(かた)から見(み)ると、彼(かれ)は東京(とうきょう)の人(ひと)ではなさそうだ／從他說話的方式來看，好像不是東京人。
2. 大人(おとな)から見(み)れば、嫌(いや)な子供(こども)だったと思(おも)います／從大人的眼光來看，會覺得是個討人厭的小孩。
3. 私(わたし)から見(み)て、あなたはいつも忙(いそが)しく過(す)ごしているようです／以我來看，你總是過得很忙碌。
4. 外国人(がいこくじん)から見(み)たら、それはおかしな習慣(しゅうかん)かもしれない／從外國人來看，這也許是很奇怪的習慣。

 小提醒

此句型結構為「體言＋から見(み)ると（或から見(み)れば、或から見(み)て、或から見(み)たら）」。表示以某一條件作為判斷標準的話，可以得出這樣或那樣的結論、看法、意見。

～から言うと（或から言えば、或から言ったら）／從…來說，從…來看

1. 能力から言うと、田中さんのほうが山下さんより優れている／就工作能力而言，田中比山下更出色。
2. 実用の点から言えば、コンクリート造りの建物のほうがずっと丈夫です／從實用上來說，混凝土建築物要堅固得多。
3. 会員数から言ったら、これは日本最大の団体です／從會員數來看，這是日本最大的團體。

此句型結構為「體言＋から言うと（或から言えば、或から言ったら）」。從某種角度或從某一立場出發進行判斷。不能接在人稱代名詞後。

～気味（だ或な）／…傾向

1. ちょっと風邪気味なので、今朝はおかゆにしました／因為好像有點感冒，所以今天早上吃稀飯。
2. 彼女は少し緊張気味だった／她有些緊張。
3. 最近、忙しい仕事が続いたので、少し疲れ気味です／最近工作一個接一個，感覺有些疲勞。

此句型結構為「動詞連體形（或名詞）＋気味（だ或な）」。表示具有某種感覺，具有某種傾向，多用於不好的方面。

重點

～きり／就只有…而已

 實用語句

1. 張<ruby>先生<rt>せんせい</rt></ruby>とは<ruby>去年<rt>きょねん</rt></ruby><ruby>一度<rt>いちど</rt></ruby>お<ruby>会<rt>あ</rt></ruby>いしたきりです／和張老師就只有在去年見過一次面而已。

2. <ruby>友達<rt>ともだち</rt></ruby>から<ruby>本<rt>ほん</rt></ruby>を<ruby>借<rt>か</rt></ruby>りたきりで、まだ<ruby>読<rt>よ</rt></ruby>んでいません／就只有向朋友借書，還沒有看。

3. <ruby>朝<rt>あさ</rt></ruby>、<ruby>水<rt>みず</rt></ruby>をいっぱい<ruby>飲<rt>の</rt></ruby>んだきり<ruby>何<rt>なに</rt></ruby>も<ruby>食<rt>た</rt></ruby>べていない／就只有早晨喝了一杯水而已，之後什麼也沒吃。

 小提醒

此句型結構為「動詞た形＋きり」。表示行為、動作意外終結的狀態。其強調形式為「～っきり」，常用於口語。

 重點

～きり／只…；光…；就…

 實用語句

1. もうこれっきりです／只剩這一點兒了。

2. <ruby>私<rt>わたし</rt></ruby>たち<ruby>二人<rt>ふたり</rt></ruby>きりで<ruby>話<rt>はな</rt></ruby>す／就我們倆談。

3. <ruby>今度<rt>こんど</rt></ruby>の<ruby>試験<rt>しけん</rt></ruby>に<ruby>合格<rt>ごうかく</rt></ruby>したのは4<ruby>人<rt>にん</rt></ruby>きりだ／這次考試及格的只有四個人。

 小提醒

此句型結構為「體言（或用言連體形）＋きり」。用於表示限定範圍或數量時。「っきり」用於口語。

〜きる / 完全……

1. 金_{かね}をすっかり使_{つか}いきってしまった／錢花得一乾二淨。

2. 坂_{さか}を登_{のぼ}りきると、そこはクワ畑_{はたけ}だった／爬到山坡上，那裡是一整片桑田。

3. 今_{いま}まで私_{わたし}は彼_{かれ}を信_{しん}じきっていた／截至目前為止我完全相信他。

此句型結構為「動詞連用形＋きる」。接續在意志動詞之後，表示某動作的完全實現。

06月15日

〜きる / 很……

1. 家_{いえ}に帰_{かえ}ってきた父_{ちち}は疲_{つか}れきった顔_{かお}をしていました／回到家的父親顯得很疲勞的樣子。

2. 彼女_{かのじょ}は絶対_{ぜったい}に自分_{じぶん}が正_{ただ}しいと言_いいきった／她斷言自己絕對正確。

3. 彼_{かれ}のわがままには困_{こま}りきったよ／我對他的任性真是毫無辦法。

此句型結構為「動詞連用形＋きる」。接在動詞連用形後構成複合動詞，表示程度達到極限。

~きれない / ……不完；……不盡

1. このテキストには覚えきれないくらいたくさんの言葉が入っている／這個教科書詞彙太多，記都記不起來。
2. 料理はおいしかったが、量が多くて食べきれなかった／飯菜很好吃，但是量太多沒能吃完。
3. 父の帰りを待ちきれずに、先にご飯を食べてしまいました／沒等父親回來就先吃飯了。

此句型結構為「動詞連用形＋きれない」。きれない是接尾詞，由動詞きる的可能形きれる的未然形，加上否定助動詞ない構成的，表示不可能完全達到某種狀態。

~際（に） / 在…之際；在…情況下

1. お帰りの際はお足元にお気をつけてください／回去的時候，請注意腳步。
2. 今度ご訪問する際に必ず持ってまいります／下次拜訪時一定會帶去。
3. 先日東京に行った際、田中先生の家を訪ねた／前些日子去東京時，拜訪了田中老師的家。

此句型結構為「用言連體形（或體言＋の）＋際（に）」。用於表示某動作的場面、情況、時候。

～くらい（或ぐらい）／像…那樣；…得…

1. もう立<small>た</small>てないくらい疲<small>つか</small>れた／已經累得站不起來了。
2. 泣<small>な</small>きたくなるぐらい家<small>いえ</small>が恋<small>こい</small>しい／想家想得快要哭了。
3. うれしくてしばらくはものも言<small>い</small>えないくらいだ／高興得幾乎連話都說不出來。

此句型結構為「體言（或用言連體形）＋くらい（或ぐらい）」。用於表示狀態的程度。用法和意思基本上與ほど相同。

06月19日

～くらい（或ぐらい）～はない／再也沒有比…更…；沒有像…那樣…

1. 雪<small>ゆき</small>くらい白<small>しろ</small>いものはない／沒有比雪更白的。
2. 花子<small>はなこ</small>ぐらい親切<small>しんせつ</small>な人<small>ひと</small>はないでしょう／恐怕沒有像花子那麼熱心的人吧。
3. 私<small>わたし</small>は今<small>いま</small>パソコンぐらいほしいものはない／我現在最想要的東西是個人電腦。

此句型結構為「體言（或用言連體形）＋くらい（或ぐらい）＋用言否定形＋はない」。表示比較高的基準、最高程度。

～げ（だ或な）／好像……；有……的樣子；似乎是……

1. 彼は親切げな顔で私に聞いた／他以很親切的表情問了我。
2. 幼稚園で子供たちが楽しげに歌を歌っている／在幼稚園裡孩子們正愉快地唱著歌。
3. 高熱になっている花子は私と話すのも苦しげだった／正在發高燒的花子連和我說話都顯出很痛苦的樣子。

此句型結構為「形容詞（或形容動詞語幹）＋げ（だ或な）」。表示動作主體顯露出某種樣子，從而使旁人感覺到確實是那樣，只限於第三者所表現的姿態。げ是接尾詞，接在形容詞、形容動詞語幹後，構成一個形容動詞語幹。

～こそ／只有…才…

1. 今度こそ頑張ります／這次我一定要加油。
2. そうしてこそ一人前の大人だ／那樣才算是個有擔當的大人。
3. 今こそ国内企業に投資すべきだ／現在才應該投資國內企業。

此句型結構為「體言（或副詞、或助詞、或接續詞）＋こそ」。用於強調某一事物有別於其他事物時。

～ことか／多麼……啊

1. あの芝居を見ながら何度泣いたことか／看那齣戲不知哭了多少回。
2. 一人暮らしがどんなに寂しいことか／一個人過日子不知有多麼寂寞。
3. そうしてはいけないと何度注意したことか／不知提醒過你多少遍不要那樣做。

此句型結構為「動詞過去式（或形容詞、或形容動詞連體形）＋ことか」。表示感慨、感嘆的用法。

～ことだ／最好…；應該…；要…

1. なんでも自分でやってみることだ／不管什麼最好自己做做看。
2. 子供には偏食をさせないで、なんでも食べるようにさせることだ／不要讓孩子偏食，應該要什麼都吃。
3. 病気と戦う勇気を持つことです／要有和疾病作戰的勇氣。

此句型結構為「動詞連體形＋ことだ」。表示前面提到的事情是必要的、重要的。こと前面的動詞一定是現在式，不能用其他時態。

～ことだ（或ことだから）

1. 健のことだ、怒ってカッとなったら、何をするかわからない／把阿健激怒的話，他可是不知道會做出什麼事來的。
2. 彼のことだから、どうせ時間どおりには来ないだろう／總之，他是不會準時來的。
3. 戦争中のことだから何が起こるかわからない／在戰爭期間什麼事都有可能發生的。

此句型結構為「體言＋の＋ことだ（或ことだから）」。一般多加在人稱代名詞後面，用於根據談話雙方都瞭解的日常行為方式等所下判斷的場合。

～ことだろう／…吧

1. 長い間会っていないが、山田さんの子供さんもさぞ大きくなったことだろう／很長時間沒見面了，想必山田先生的孩子已經長大了吧。
2. 市内でこんなに降っているのだから、山のほうではきっとひどい雪になっていることだろう／市內都下了這麼大的雪，山上的雪一定下得更大吧。

此句型結構為「用言（或助動詞連體形、或體言＋の）＋ことだろう」。表示推測，與「だろう」的意思基本上相同，但是更鄭重，屬於書面用語。

～ことなく／不…就…；沒…就…

1. 彼は一家の生活のために、休日も休むことなく働いた／他為了一家人的生活，連假日也不休息地工作。

2. 先生の教えを忘れることなく、心に刻んでいる／老師的教誨永不遺忘，銘記在心。

此句型結構為「動詞終止形＋ことなく」。表示否定前項，敘述後項。為書面用語。

06月27日

～ことに／……的是……

1. 驚いたことに、あの二人は兄弟だったのです／吃驚的是那兩個人竟然是兄弟。

2. 悲しいことにかわいがっていた犬が死んでしまいました／悲傷的是愛犬死了。

3. 心配なことに妹はまだ帰ってきません／令人擔心的是妹妹還沒回來。

此句型結構為「動詞過去式（或形容詞、或形容動詞連體形）＋ことに」。表示說話者對下面持續進行的事情的評價或感想。

～ことに（は）／…的是…

1. 困（こま）ったことには、誰（だれ）も道（みち）を知（し）らない／糟糕的是誰也不認得路。
2. 心配（しんぱい）なことに、子供（こども）はまだ帰（かえ）ってきません／令人擔心的是孩子還沒回來。
3. 驚（おどろ）いたことには、彼（かれ）はもう帰国（きこく）していた／意想不到的是他已經回國了。

此句型結構為「用言連體形＋ことに（は）」。用於表示感嘆的時候。

 ～ことになっている／規定……；決定……

1. 面接試験（めんせつしけん）は午後行（ごごおこな）われることになっている／預定的面試在下午進行。
2. 飛行機（ひこうき）の中（なか）では、タバコを吸（す）ってはいけないことになっています／規定在飛機上不准吸煙。
3. 休（やす）むときは学校（がっこう）に連絡（れんらく）しなければならないことになっています／規定放假時必須和學校保持聯繫。

此句型結構為「用言（或助動詞連體形）＋ことになっている」。表示已決定、預定這樣做，指決定的事情一直存續。

重點

～ことはありません／不必…；不可能…；不會…

 實用語句

1. 今_{いま}さら彼女_{かのじょ}にそんな手紙_{てがみ}など書_かくことはありません／事到如今沒有必要給她寫那封信。

2. わざわざ空港_{くうこう}まで迎_{むか}えに行_いくことはありません／不必特意去機場迎接。

 小提醒

此句型結構為「動詞原形＋ことはありません」。當「～ことはありません」接在動詞原形後，表示某一事態不會發生，或者某行為、某件事情，沒有必要去做或不做也可以的意思。常用於對他人的鼓勵或勸告等的場合。

~最中（さいちゅう）／正在……中

1. 会議（かいぎ）の最中（さいちゅう）に突然（とつぜん）電灯（でんとう）が消（き）えた／正在開會時，突然電燈熄滅了。

2. 授業（じゅぎょう）をしている最中（さいちゅう）に非常（ひじょう）ベルが鳴（な）り出（だ）した／正在上課時，警鈴聲響起了。

3. 試合（しあい）の最中（さいちゅう）に雨（あめ）が降（ふ）り出（だ）しました／正在考試的時候就下起雨來了。

此句型結構為「動詞連體形（或體言）＋最中（さいちゅう）」。表示某種動作或狀態正在進行中。

07月02日

~（で）さえ／就連…也…；甚至…也…

1. 先生（せんせい）でさえ漢字（かんじ）はときとき間違（まちが）える／就連老師也常常寫錯漢字。

2. 忙（いそが）しくて新聞（しんぶん）さえ読（よ）む暇（ひま）がない／忙得連看報紙的時間也沒有。

3. そんなことは三歳（さんさい）の子供（こども）さえ知（し）っている／那種事連三歲小孩子也知道。

此句型結構為「體言＋（で）さえ」。用於舉出極端的事例，其他則不言而喻的情況。

重點

～ざるを得ない／不得不……；不能不……

 實用語句

1. 私は彼のデマを聞いて、腹を立てざるを得ない／
聽到了他的誹謗，我不能不生氣。
2. 万里の長城は偉大な土木建築と言わざるを得ない
／萬里長城不能不說是偉大的土木建築。
3. 残念だが、これは間違っていると言わざるを得ない
／雖然遺憾，但不得不說這是錯誤的。

 小提醒

此句型結構為「動詞未然形＋ざるを得ない」。ざる是文語助動詞ず的連體形。該句型表示主觀上屈服某種情況，或者由於某種原因不得不這樣做。

 07月04日

 重點

～しかない／只好……；只有……；只能……

 實用語句

1. 誰も行かないなら、私が行くしかない／如果誰都
不去的話，只好我去。
2. 誰も来ないので、帰るしかなかった／因為沒人來，
只好回去了。
3. 電話がない時代は手紙を書くしかなかった／在沒有
電話的時代，只能寫信。

 小提醒

此句型結構為「動詞連體形＋しかない」。用於表示除此以外沒有其他更好的辦法時。

07月05日

 重點

～次第 / 一…就…

 實用語句

1. 用事が済み次第帰ります／辦完事就回去。
2. タクシーが到着次第、すぐに出発してください
   ／計程車一到，就請馬上出發。
3. 書類が見つかり次第、電話します／文件一找到，就
   打電話來。

 小提醒

此句型結構為「動詞連用形＋次第」。表示前項結果一出來，
馬上就進行後項行為。

07月06日

 重點

～次第だ / 全憑……；要看……如何；由……
而定

 實用語句

1. すべては君の決心次第です／一切都要看你的決心。
2. するかしないかはあなた次第だ／做不做取決於你。
3. どちらを選ぶかはお客様次第です／要選擇哪一個全
   憑客人決定。

 小提醒

此句型結構為「體言＋次第だ」。表示與某種情況相應的結
果。

～次第で（は）／根據…；在…情況下；按照…

1. 練習次第で運動会に参加できるかどうかを決めます／根據練習的情況，決定是否參加運動會。
2. 成績次第では、あなたは別のクラスに入ることになります／根據成績，你被分到別的班級。
3. 努力次第では落第するおそれもある／依努力的程度而定，也有可能留級。

此句型結構為「體言＋次第で」。表示根據不同的場合，會有不同的情況。

07月08日

～末（に）／…的結果；最後…

1. 相談の末、会期を二日間延長することに決めた／商量的結果，決定延長會期兩天。
2. いろいろと考えた末、音楽の道に進むことに決めた／左思右想，最後決定往音樂方面發展。
3. さんざん迷った末に、帰国することにしました／再三猶豫之後，決定回國。

此句型結構為「動詞過去式（或體言＋の）＋末（に）」。用於表示行為的結果。

～ずにはいられない／非……不可；不……不行

1. 悲_{かな}しくて泣_なかずにはいられなかった／悲傷得不由得哭了起來。

2. 彼_{かれ}のかっこうがおかしくて、みんな笑_{わら}わずにはいられなかった／他的樣子太可笑了，大家不由得笑出來。

3. 私_{わたし}はそれを聞_きくたびに、彼_{かれ}のことを思_{おも}い出_ださずにはいられないのである／每當提到那件事就不由得想起他來。

此句型結構為「動詞未然形＋ずにはいられない」。表示無法抑制的心情，非做某件事不可的心情，即「どうしてもそれをしたくなる」的心情。

～だけ／盡量…；全部…

1. どうぞ好_すきなだけおとりください／你可以挑喜歡的隨便拿。

2. そう遠慮_{えんりょ}せずに、食_たべられるだけ食_たべなさい／別那麼客氣，儘可能多吃點吧。

3. ほしいだけ持_もっていきなさい／你想要多少就拿多少。

此句型結構為「體言（或用言連體形）＋だけ」。用於表示某一範圍內的全部。

～だけのことはある／不愧為……；值得……；沒有白費……

1. 富士山は日本の代表的な山だけのことはあります／富士山不愧是日本具有代表性的山。
2. 彼は世界チャンピンだけのことはある／他不愧是世界冠軍。

此句型結構為「用言（或助動詞連體形、或體言）＋だけのことはある」。表示某種行為（努力）沒有徒勞無功，而收到相應的效果或換來與努力的程度相等的價值，努力和收益相符。

07月12日

～ばかりでなく；～だけでなく／不但…而且…；不僅…還…

1. 父は酒を飲まないばかりでなく、タバコもすわない／爸爸不但不喝酒，而且也不吸煙。
2. 彼は成績がいいだけでなく、スポーツも得意だ／他不僅成績好，還擅長運動。

此句型結構為「體言（或用言連體形）＋ばかりでなく（或だけでなく）」。副助詞「ばかり」「だけ」表示限定範圍或程度。這個句型表示不只限於某一事物，還可涉及更大的範圍。

~だけの／足夠的…；所有的…

1. わかっているだけのことはもう全部話しました／我知道的已經全都說了。
2. 考えられるだけのことはすべてやってみた／能想到的我都試過了。
3. 仕事に疲れて、買い物に行くだけの元気もない／因為疲於工作，連去買東西的力氣都沒有。

此句型結構為「用言連體形＋だけの＋體言」。用於表示某一範圍內的全部。

たとえ～／即使…

1. たとえ冗談でもそんなことを言うものではない／即使是開玩笑，也不能說那種話。
2. たとえ夜どんなに遅く寝ようとも、学校に遅れるようなことはしません／即使晚上睡得再晚，上學也決不遲到。

此句型結構為「たとえ＋～ても（或～でも）」「たとえ＋～う（よう）とも」。用於表示讓步語氣的假設條件。

重點

～たびに／每當…的時候；每逢…；每次…都…

 實用語句

1. 旅行のたびに、お土産を買います／每次去旅行都會買禮物。

2. 咳をするたびに、胸が痛みます／每當咳嗽的時候，胸就疼。

3. 故郷に帰るたびに、先生と会っています／每次回故鄉，都去拜訪老師。

 小提醒

此句型結構為「動詞連體形（或體言＋の）＋たびに」。表示某種情況發生時，都產生同樣的結果。

 07月16日

 重點

～だらけ（の）／淨是……；滿是……；全是……

 實用語句

1. 彼は借金だらけで困っているそうだ／據說他負債累累很是愁苦。

2. 子供は泥だらけの足で部屋に上がってきた／孩子滿腳都是泥，就進屋了。

3. 「傷だらけの青春」という映画を見た／我看了《傷痕累累的青春》這部電影。

 小提醒

此句型結構為「名詞＋だらけ（の）」。表示有許多肉眼能看到的不好東西。

～ついでに／順便…；就便…

1. 買_かい物_{もの}のついでに、母_{はは}の働_{はたら}いている店_{みせ}に寄_よってきた／趁著買東西，順便去了媽媽工作的店鋪。

2. 散歩_{さんぽ}のついでに、スーパーで買_かい物_{もの}をしてきた／趁著散步，順便去超市買東西。

3. 郵便局_{ゆうびんきょく}へ行_いったついでに本屋_{ほんや}に寄_よった／去郵局，順便去了書店。

此句型結構為「用言連體形（或體言＋の）＋ついでに」。表示趁著做某件事的機會，順便做另一件事。

07月18日

～っこない／不會……；根本不……

1. どんなに言_いったって分_わかりっこない／怎麼說也不會明白。

2. もう１２時_{じゅうにじ}になったから、来_きっこない／已經12點了，不會來了。

3. そんな勉強_{べんきょう}で、大学_{だいがく}に受_うかりっこないよ／那種用功法不可能考上大學。

此句型結構為「動詞連用形＋っこない」。表示強烈否定，相當於「～ことはない」，多用於口語，表加強語氣。

〜つつ／一邊…一邊…；邊…邊…

1. 彼は歩きつつ新聞を読んでいる／他一邊走，一邊看報紙。
2. 音楽を聴きつつ、物を考えるのは楽しいことだ／一邊欣賞音樂，一邊思考問題，是很愉快的事。
3. 彼は働きつつ、大学を卒業した／他一邊工作，一邊讀完了大學。

此句型結構為「動詞連用形＋つつ」。用於表示兩個動作同時進行時。

07月20日

〜つつも／雖然…可是…；明明…卻…

1. 悪いと知りつつも、またうそをついてしまった／明明知道不對，可是又撒了謊。
2. 彼はいつもお金がないといいつつも、よく海外旅行に出かける／他總說沒錢，卻常常到國外旅行。
3. 笑っては失礼だと思いつつも、笑わずにいられなかった／雖然覺得笑有點不禮貌，但還是情不自禁地笑了。

此句型結構為「動詞連用形＋つつも」。表示在某種狀態下，做出與這種狀態不相應的行為。

～つつある／正在……

1. 住民の集団意識は向上しつつある／居民的團體意識正在提升。

2. 今、列車は東京駅に向かって進みつつあります／現在列車正朝著東京站駛去。

3. この海底では長大なトンネルを掘りつつある／在這個海底正在挖掘一條又長又寬的隧道。

 此句型結構為「動詞（或助動詞連用形）＋つつある」。つつ是助詞，つつある表示某動作正在進行，一般用於書面語。

07月22日

～って／聽說……；據說……；說是……

1. コピー食品はたくさんの食品添加物が使われているって／聽說仿冒食品使用了很多食品添加劑。

2. あの小説はとてもおもしろいって／聽說那本小說很有意思。

3. 電話して聞いてみたけど、予約のキャンセルはできないって／打電話詢問過了，說是不能取消預約。

 此句型結構為「常體句子＋って」。表示轉述別人的話，用於簡潔的口語中，男女都可以使用。

～っぽい / 有……傾向；富有……成分

1. 年を取るとだんだん忘れっぽくなる／年紀大了，越來越健忘了。
2. この牛乳水っぽくてまずいよ／這種牛奶水水的，不好喝。
3. あの男は白っぽい服を着ていた／那個男人穿著一件純白的衣服。

小提醒

此句型結構為「動詞連用形（或形容詞、或形容動詞語幹、或體言）＋っぽい」。表示某種傾向、狀態、要素非常明顯，構成複合形容詞。也表示說話者的主觀感覺，一般用於否定評價。

07月24日

～て以来 / 從…以來；自…以來…

1. 台北に来て以来、この家に住んでいる／自從到臺北以來，一直住在這間房子裡。
2. 大学を卒業して以来、母校に行ったことがありません／自大學畢業以來，沒回過母校。
3. 私は入社して以来、無遅刻、無欠勤です／我進公司以來，無遲到、無缺勤。

小提醒

此句型結構為「動詞連用形＋て以来」。表示在前項動作、行為之後，一直處於某種狀態。後面不可接續表示只有一次性的句子。

重點

～て仕方（しかた）がない ／ ……得不得了；非常……

 實用語句

1. 試験（しけん）に合格（ごうかく）したので、嬉（うれ）しくて仕方（しかた）がない／考試及格了，非常高興。
2. 私（わたし）が転職（てんしょく）したのは前（まえ）の会社（かいしゃ）で働（はたら）くのがいやで仕方（しかた）がなかったからだ／我換工作是因為不願意在以前的公司工作。
3. 彼（かれ）がどうしてあんなことを言（い）ったのか、気（き）になって仕方（しかた）がないのです／他為什麼那麼說呢？我實在很擔心。

 小提醒

此句型結構為「用言連用形＋て仕方（しかた）がない」。表示無法抑制，自然而然地產生某種感情的狀態。

 07月26日

 重點

～てしょうがない ／ ……得不得了；非常……

 實用語句

1. 一人（ひとり）で寂（さび）しくてしょうがない／一個人非常寂寞。
2. 歯（は）が痛（いた）くてしょうがない／牙疼得不得了。
3. 母（はは）の病気（びょうき）が心配（しんぱい）でしょうがない／非常擔心媽媽的病。

 小提醒

此句型結構為「用言連用形＋てしょうがない」。表示說話者的心情或表示無法克制某種狀態。

～てたまらない／……得不得了；非常……

1. どうしたんだろう。今日は朝から喉が渇いてたまらない／不知怎麼搞的，從今天早上開始喉嚨就渴得不得了。
2. あの人の顔を見るのもいやでたまらない／看到他就覺得討厭。
3. お腹がすいてたまらない／肚子餓得不得了。

此句型結構為「用言連用形＋てたまらない」。用於表示某種心情、身體狀況本身程度非常強烈。

～てならない／……得不得了；……得受不了；非常……

1. コンクールで落選したのが残念でならない／在比賽中落選非常遺憾。
2. 祖父が亡くなったので、悲しくてならない／因祖父去世非常悲傷。
3. 故郷にいる母が思われてならない／非常想念家鄉的母親。

此句型結構為「動詞（或形容詞連用形、或形容動詞語幹）＋てならない」。表示因為無法抑制或不能抵抗的行為而成為「……」所表示的狀態。和てたまらない意思相同，表示內心或體內的某種狀態非常強烈難以抑制。

～ということだ／據說……

1. 学校のすぐ近くに新しいデパートができたということです／據說學校附近新開了一家百貨公司。

2. 昨日台風のために九州ではたいへんな被害があったということです／據說昨天的颱風使九州地區受到很大損失。

3. 近々内閣改造が行われるということだ／據說最近正在改組內閣。

此句型結構為「常體句子＋ということだ」。という之後接續こと，表示傳聞。為直接引用某特定人物的話或感想。用於文章時也用とのことだ。

～というと／提到…就…；說到…就一定…

1. 遠足というと、あの時のことを思い出す／說起郊遊，就回想起那時的情景。

2. 通勤というとラッシュアワーの混雑を想像するでしょう／說到通勤，大概就會聯想到上下班交通尖峰期的擁擠。

3. 先生というと、小学校時代の受け持ちの先生を思い出す／一提到老師，就想起小學時代的級任老師。

此句型結構為「體言＋というと」。表示話題的提出，意指提到某事或某物就馬上聯想到別的事情。

重點

～というと／你所說的…；所謂的…；這麼說…

 實用語句

1. 上田(うえだ)さんというと、あの背(せ)の高(たか)い人(ひと)のことですか／你所說的上田，就是那個高個子的人嗎？

2. 神田(かんだ)というと、あの古本屋(ふるほんや)がたくさんある町(まち)ですか／你說的神田，就是那條有很多舊書店的街嗎？

3. NGOというと、民間(みんかん)の援助団体(えんじょだんたい)のことですか／所謂NGO，就是指非政府組織嗎？

 小提醒

此句型結構為「體言＋というと」。用於確認對方的話題時。

～というもの／足足有…；整整…

1. ２４時間というもの、何も食べていない／長達二十四小時什麼也沒吃。

2. 一ヶ月というもの子供から連絡がない／整整一個月沒有與孩子聯絡。

3. 彼にメールを出してから十日というもの、返事がない／給他發電子郵件已經十天了，還沒有回音。

此句型結構為「表示時間和期限的名詞＋というもの」。用於強調時間的長久。

～というものは（或を）～／…這個東西；所謂…

1. 幸福というものは、あまり続きすぎると感じられなくなる／幸福這個東西，持續久了就會感覺不到。

2. 金というものは、なくても困るし、ありすぎても困る／金錢這個東西，沒有不行，太多了也麻煩。

3. 私は一度も愛情などというものを感じたことがない／我從沒有感受過所謂愛情之類的東西。

此句型結構為「名詞＋というものは（或を）～」。というもの接在表示抽象概念的名詞後，表示加強語氣，或表示對此一概念要加以說明、解釋。

～といえば／提起…；談到…

1. 勉強（べんきょう）といえば、近頃彼（ちかごろかれ）はあまり勉強（べんきょう）したくないようです／說到用功，他最近好像不怎麼用功。
2. 孔子（こうし）といえば、中国人（ちゅうごくじん）は誰（だれ）でも知（し）っている／提到孔子，中國人任誰都知道。
3. 株（かぶ）といえば、最近上（さいきんあ）がっているね／說到股票，最近正在上漲呢。

此句型結構為「體言＋といえば」。用於以前面提到的事情為話題加以議論。

～といっても／雖說是…但是…

1. 試験（しけん）といっても、簡単（かんたん）なテストです／雖說是考試，但只是簡單的測驗。
2. 料理（りょうり）ができるといっても、卵焼（たまごや）きぐらいです／雖說會作菜，只會做些煎蛋之類的。
3. ビルといっても、三階建（さんかいだ）ての小（ちい）さなものです／雖說是樓房，但不過是三層建築的小樓。

此句型結構為「體言（或用言終止形）＋といっても」。用於雖承認某一事實，但沒達到某種程度。

～とおり／按…樣子；如…樣…；照…那樣

1. まったくおっしゃるとおりです／完全如您所講的那樣。

2. 本物のとおりにまねて作る／按實物進行仿造。

3. 私の言ったとおりにやってみてください／請照我說的那樣做做看。

此句型結構為「名詞（或連體詞、或動詞連體形）＋とおり」。とおり在句中多作為副詞使用，也可以作述語、名詞修飾語等。當とおり接續名詞時，可以接在「名詞＋の」之後，也可以直接連接，但這時とおり要濁音化為どおり。

08月06日

～どころか／豈止…就連…；別說…還…；非但…

1. 千円どころか十円もない／別說一千日圓，就連十日圓也沒有。

2. 車の運転どころか、自転車にも乗れない／別說開車，就連自行車都不會騎。

3. 交通事故が減るどころか、増加する一方だ／交通事故非但沒有減少，還一直在增加。

此句型結構為「用言連體形（或名詞）＋どころか」。用於否定前項，強調後項，有時會出現相反的結果。

重點

～どころではない／哪談得上……；豈
止……；哪能……

 實用語句

1. 地震に見舞われて、今は花見どころではない／因遭
　受地震災害，現在哪裡還有心情賞花。
2. 事故の後は食事どころではなく、一日中たいへん
　だった／事故發生後哪裡還吃得下飯，一整天都手忙
　腳亂的。

 小提醒

此句型結構為「體言（或動詞、或形容詞連體形、或形容動詞語
幹）＋どころではない」。用於表示強烈的否定時。

08月08日

 重點

～として／作為…；以～身分

 實用語句

1. 私は趣味として外国語を勉強している／我把學
　習外語當成興趣。
2. 彼を恩人として扱う／把他當成恩人看待。
3. 医者としてできることはすべてしました／作為醫生
　能做的都做了。

 小提醒

此句型結構為「體言＋として」。用於表示某種立場、資格和
名目。

～としては／作為…的話；以～而言

1. 先生<ruby>せんせい</ruby>としては、この話<ruby>はなし</ruby>は少<ruby>すこ</ruby>し言<ruby>い</ruby>いすぎではないか／以老師而言，這種話不是有點過分嗎？

2. 彼<ruby>かれ</ruby>としては、辞職<ruby>じしょく</ruby>する以外<ruby>いがい</ruby>に方法<ruby>ほうほう</ruby>がなかったでしょう／以他來說，除了辭職別無他法吧。

此句型結構為「體言＋としては」。表示判斷標準，意指從提出的標準來看，判斷出的事物是這樣。

08月10日

～としても／就算…也…；即使…也

1. 学長<ruby>がくちょう</ruby>としても、教授会<ruby>きょうじゅかい</ruby>の意向<ruby>いこう</ruby>を無視<ruby>むし</ruby>するわけにはいかない／即使身為校長，也不能無視教授會議的意向。

2. お父<ruby>とう</ruby>さんとしても、娘<ruby>むすめ</ruby>が結婚<ruby>けっこん</ruby>して、家<ruby>いえ</ruby>を出<ruby>で</ruby>て行<ruby>い</ruby>くのは寂<ruby>さび</ruby>しい／即使是父親，對於女兒結婚後離家也會感到寂寞。

此句型結構為「體言＋としても」。接在表示人稱或團體的名詞後面，表示事物評價的觀點。其意為：即使在某種資格或立場上，也不會改變目前的看法。

とすると〜／那樣的話…；這麼說…；如此看來…

1. うまくいったら電話すると言っていたが、まだ連絡はない。とすると、だめだったかもしれない／說是順利的話就來電話，可到現在還沒有聯絡，看來或許是不行了。

2. A：「友人から旅行にさそわれて、行こうと思っているんだが…」／「朋友約我去旅行，我很想去。」

   B：「とすると、留守中この犬をどうするつもり?」／「那樣的話，你不在的期間，這隻狗怎麼辦?」

3. 王さんは旅行中、張さんは病気、金さんは…。とすると、あした行けるのは私一人だね／老王旅行去了，老張生病，小金……。這麼說，明天能去的只有我一個人了。

此句型結構為「句子＋とすると＋感嘆句（表示推測、詢問、勸誘等）」。用於連接前後兩個句子。表示後項事物的成立是以前項行為、動作的實現為前提。換句話說，表示如果前項行為、動作實現或者前項事物是事實的話，那麼……。前項既可以是假設的，也可以是確定的。多用於日常口語。

～とたん（に）／剛一…就…；剛剛…就…

1. ドアを開けたとたんに、電話の音が聞こえた／剛一開門，電話鈴就響了。

2. 空が暗くなったとたんに雨が降り出した／天剛暗下來，就下起雨來了。

3. 急に立ち上がったとたん、目まいがした／突然站起來，就頭昏眼花。

此句型結構為「動詞た形＋とたんに」。表示前後兩個動作幾乎同時發生。後一動作多為意外的，因此不能接續表示說話者意志的動作。

～とのことだ／聽說……；據說……

1. さっき田中さんから電話があって、明日急用ができて来られないとのことでした／剛才田中先生打電話來說，明天因為有急事不能來了。

2. 北海道ではもう雪が降ったとのことです／聽說北海道已經下雪了。

3. 鈴木さんが明日用事で会社を一日休むとのことでした／聽說鈴木先生明天有事向公司請了一天假。

此句型結構為「用言（或助動詞終止形）＋とのことだ」。表示轉達特定的人的話，語氣較鄭重。完整的句型是「～によれば～とのことだ」，但「～によれば」可以省略。

～とは／竟然…；居然…

1. この私(わたし)がA大学(だいがく)に入学(にゅうがく)できたとは／我居然能考上A大學（真難以置信）。

2. ここで君(きみ)に会(あ)うとは／（沒想到）竟然在這兒遇見你。

3. あの人(ひと)が泥棒(どろぼう)だとは／（沒想到）他竟是個小偷。

此句型結構為「常體句子＋とは」。用於對耳聞目睹的某情況感到驚訝或感嘆時。

とはいうものの～／雖說……可是……；雖然……但是……

1. 大学時代(だいがくじだい)は英文学専攻(えいぶんがくせんこう)だった。とはいうものの、英語(えいご)はほとんどしゃべれません／雖說在大學我學的是英國文學，可是我不太會講英文。

2. 彼(かれ)のことはあきらめたと彼女(かのじょ)は言(い)っている。とはいうものの、未練(みれん)がないわけではないようだ／雖然她說對他已不抱任何希望，但好像還有一些留戀。

此句型結構為「句子＋とはいうものの＋句子」。此為慣用詞組，意思和用法與とはいえ相同，屬於書面用語。此外，還可以與とはいいながら互換使用。

～ないこともない；～ないことはない／沒有不……；不會不……；不可能不……

1. 夜に遅くまでテレビを見ないで、早く寝れば朝起きられないこともない／晚上電視不要看得太晚，早一點兒睡覺，早晨才不會起不來。

2. 水泳でも二、三年練習しなければ、忘れないことはない／即使是游泳，如果兩、三年不練的話，沒有不忘的。

此句型結構為「動詞（或動詞型助動詞未然形、或形容詞、或形容詞型助動詞連用形）＋ないこともない（或ないことはない）」。以雙重否定的形式表示肯定的意思，並且含有推斷、推測的語氣。

～ないことはない／不是不…；並非不…

1. 言われてみれば、確かにあの時の様子がおかしかったという気がしないことはない／你這麼一說，我也覺得他那時的樣子有點怪怪的。

2. 駅までバスで３０分だから、すぐ出れば間に合わないことはない／坐公車到火車站需要30分鐘，如果馬上動身的話，還來得及。

此句型結構為「用言否定形＋ないことはない」。ことはない接在用言否定形後，表示對所述事物或對方所講的內容，予以委婉的否定。實際上，這種句型以雙重否定的形式，表示說話者的肯定語氣。多用於對話的場合。

〜など／…之類的；…什麼的

1. 金_{かね}など要_いらない／錢什麼的我不要。（表示輕蔑）
2. 私_{わたし}のことなど心配_{しんぱい}なさらないでください／請不要為我擔心。（表示謙虛）
3. あの人_{ひと}はうそなどつきませんよ／他是不會撒謊的。（表示強調）

此句型結構為「體言＋など」。表示輕蔑、謙虛、強調等語氣。

08月19日

〜なんか／…之類；…什麼的

1. そんなことなんかしないよ／那種事我是不會幹的。（表示輕蔑）
2. 私_{わたし}なんかとてもできない仕事_{しごと}です／這工作可不是我這樣的人做得來的。（表示謙虛）
3. 僕_{ぼく}は野球_{やきゅう}なんか大好_{だいす}きだ／我非常喜歡棒球之類的運動。（表示強調）

此句型結構為「體言＋なんか」。なんか是など的口語用法。表示輕蔑、謙虛、強調等語氣。

～なんて／說是…；…什麼的

1. 勉強なんていやだ／我討厭念書。
2. 僕は注射なんて平気だよ／我才不怕打針呢。
3. 今ごろ断るなんて何ということだ／到現在才要回絕算什麼嘛。

此句型結構為「體言（或用言終止形）＋なんて」。表示出乎意外、輕視等語氣。用於口語。

08月21日

～にあたって／值此…之際；當…的時候

1. 新年度の初日にあたって、一言ご挨拶を申し上げます／值此新年伊始之際，讓我來問候一下。
2. 新製品の開発にあたって、多くの人々の協力が必要だ／在開發新產品的時候，需要很多人的協助配合。
3. 卒業論文を書くにあたって、たくさんの資料を集めることが必要です／在撰寫畢業論文之際，有必要收集大量的資料。

此句型結構為「名詞（或動詞連體形）＋にあたって」。用於表示在某情況發生的時候，一般作為書面用語。

~において／在…；關於…

1. 学会は東京において開かれる／學會在東京召開。
2. この機械は性能においては申し分がない／這臺機器，從性能來說無可非議。
3. 私の知っている限りにおいて、そのような事実はありません／據我所知，那並非事實。

此句型結構為「體言＋において」。用於表示動作、作用所進行的時間、場所、場合、領域等。

08月23日

~に応じて／按照…；隨著…；根據…

1. 成績に応じてクラスを分ける／根據成績分班。
2. 体力に応じて、適当な運動をするべきだ／應該進行與體力相符的運動。
3. 選択科目は学生の興味に応じて選ぶことができる／學生可以根據個人的興趣選擇選修科目。

此句型結構為「體言＋に応じて」。用於表示實施後項的基準。

～における～ ／ 在…上；關於…方面

1. 家庭における彼は実によい父である／他在家裡的確是個好父親。
2. 海外における日本企業は毎年増えている／在海外的日本企業每年都在增加。
3. 音楽における彼の才能は実にすばらしいものです／他在音樂方面的才能實在了不起。

小提醒　此句型結構為「體言＋における＋體言」。表示處於某一時間、某個場所或某個方面。為書面用語，口語中很少使用。

08月25日

～に関わらず；～に関わらなく ／ 無論…都…；盡管…也…

1. 寄付は金額の多少に関わらず大歓迎です／捐款不論金額多少，都歡迎。
2. 昼夜に関わらず仕事を続けている／無論白天還是黑夜，都繼續工作。
3. 晴雨に関わらなく船が出る／不論晴天雨天都開船。

小提醒　此句型結構為「體言（或用言連體形）＋に関わらず」「體言（或用言連體形）＋に関わらなく」。表示不受所提出的情況、條件的限制，某種動作照常進行。

～にかかわる／關係到……；涉及到……

1. 人の名誉にかかわるようなことだから、いい加減にしてはいけない／這是關係到人的名譽的事情，決不能當兒戲。

2. 命にかかわるような問題にぶつかった／遇到了攸關生死的問題。

此句型結構為「體言＋にかかわる」。表示「關係到……」時，前面的名詞常用「名誉、評判、生死」等。表示「涉及到……」時，前面的名詞常用「人、仕事、出来事」等。

08月27日

～に限って；～に限り／偏偏…；只限於…；惟有…

1. この問題に限っては辞書を調べてもいいです／只有這道題可以查字典。

2. １３０センチ以下の子供に限り無料だ／只限於身高130公分以下兒童免費。

3. うちの子に限ってそんなことはしない／只有我家的孩子不會做那種事。

此句型結構為「體言＋に限って（或に限り）」。表示只限於某種情況或場合。

～に限_{かぎ}らず／不限於…；不論…都…

1. 鉛筆_{えんぴつ}に限_{かぎ}らず、どんなペンを使_{つか}ってもいいです／不限於鉛筆，什麼筆都可以使用。

2. この講座_{こうざ}は学生_{がくせい}に限_{かぎ}らず、一般_{いっぱん}の人_{ひと}に公開_{こうかい}されています／這個講座不僅對學生，也向公眾開放。

3. 男性_{だんせい}に限_{かぎ}らず、女性_{じょせい}もハイテク企業_{きぎょう}に進出_{しんしゅつ}している／不僅男性，就連女性也進入高科技企業。

此句型結構為「體言＋に限_{かぎ}らず」。表示不限於前項，後項也包括在內。

～に限_{かぎ}る／最好是…

1. こんなときには黙_{だま}っているに限_{かぎ}る／這種時候，最好保持沉默。

2. 疲_{つか}れたときは寝_ねるに限_{かぎ}る／疲倦時最好睡個覺。

3. 読_よみたい本_{ほん}はいちいち買_かわないで、図書館_{としょかん}で借_かりるに限_{かぎ}る／不要一一地買下想看的書，最好是在圖書館借。

此句型結構為「名詞（或動詞連體形）＋に限_{かぎ}る」。用於表示最佳選擇。

～にかけて（は） ／ 在…方面；論…的話

實用語句

1. 料理（りょうり）にかけては中華料理（ちゅうかりょうり）は世界一（せかいいいち）だ／關於烹飪，中國菜是世界第一。

2. テニスにかけては、王（おう）さんが一番強（いちばんつよ）い／以網球來說，小王最強。

3. 彼（かれ）は仕事（しごと）にかけて、能力（のうりょく）がある／他在工作上是很有能力。

小提醒

此句型結構為「體言＋にかけては」。用於表示動作涉及的範圍、對象等。多使用在好的方面。

08月31日

～に関（かん）して ／ 關於…，有關…

實用語句

1. この事件（じけん）に関（かん）して学校（がっこう）から報告（ほうこく）があった／關於這個事件有來自學校的報告。

2. その方案（ほうあん）に関（かん）して質問（しつもん）したいことがあります／對那個方案，我有問題要問。

3. 敬語（けいご）に関（かん）して論文（ろんぶん）を書（か）く／寫有關敬語的論文。

小提醒

此句型結構為「體言＋に関して」。用於提示出行為的對象，比「について」更加書面語化。

～に関する～／關於…的；有關…的

1. 公害に関する記事を書いている／正在寫有關公害的報導。
2. この実験に関することで注意しなければならないことがありますか／關於這個實驗有沒有應注意的事情？
3. 彼は宗教に関する論文を書いた／他寫了一篇關於宗教的論文。

此句型結構為「體言＋に関する＋體言」。用於提示出行為的對象，多為書面用語。

09月02日

～に決まっている／一定（必定）…；肯定…

1. 今度の試合ではAチームが勝つに決まっている／在這次比賽中A隊一定會贏。
2. 彼はそのことをやるに決まっている／他一定會做那件事。
3. 彼女がこのニュースを聞いたら、悲しむに決まっている／她聽了這個消息一定會難過的。

此句型結構為「用言連體形＋に決まっている」。表示推測、推斷的根據較牢靠，比にちがいない的語氣要強一點。

～に比<ruby>比<rt>くら</rt></ruby>べ（て）／和…比…；比…

1. <ruby>東京<rt>とうきょう</rt></ruby>に<ruby>比<rt>くら</rt></ruby>べ、<ruby>京都<rt>きょうと</rt></ruby>のほうが<ruby>物価<rt>ぶっか</rt></ruby>が<ruby>安<rt>やす</rt></ruby>い／和東京相比，京都的物價較低。

2. <ruby>去年<rt>きょねん</rt></ruby>に<ruby>比<rt>くら</rt></ruby>べて、<ruby>今年<rt>ことし</rt></ruby>の<ruby>夏<rt>なつ</rt></ruby>は<ruby>暑<rt>あつ</rt></ruby>い／今天夏天比去年熱。

3. ぼくは<ruby>弟<rt>おとうと</rt></ruby>に<ruby>比<rt>くら</rt></ruby>べ、<ruby>背<rt>せ</rt></ruby>が<ruby>低<rt>ひく</rt></ruby>い／我的個子比弟弟矮。

此句型結構為「體言＋に<ruby>比<rt>くら</rt></ruby>べ（て）」。用於比較事物之時。

～に<ruby>加<rt>くわ</rt></ruby>え（て）／加之…；…之外；不但…而且…

1. <ruby>祖母<rt>そぼ</rt></ruby>は<ruby>高血圧<rt>こうけつあつ</rt></ruby>に<ruby>加<rt>くわ</rt></ruby>え、<ruby>心臓<rt>しんぞう</rt></ruby>もあまり<ruby>強<rt>つよ</rt></ruby>くないです／祖母有高血壓，加上心臟也不太好。

2. <ruby>激<rt>はげ</rt></ruby>しい<ruby>風<rt>かぜ</rt></ruby>に<ruby>加<rt>くわ</rt></ruby>えて、<ruby>雨<rt>あめ</rt></ruby>もひどくなってきた／刮著強烈的風，還加上下起了大雨。

3. <ruby>彼女<rt>かのじょ</rt></ruby>は<ruby>美<rt>うつく</rt></ruby>しさに<ruby>加<rt>くわ</rt></ruby>えて、<ruby>頭<rt>あたま</rt></ruby>もいい／她不但長相漂亮，而且也很聰明。

此句型結構為「名詞＋に<ruby>加<rt>くわ</rt></ruby>えて」。用於表示對以前曾有的同類或相近事物的添加。

～にこたえて／應…；響應…；不辜負…

1. アンコールにこたえて 一曲歌った／應聽眾的要求
再唱了一首。
2. 親の期待にこたえて、彼は東大入試に合格した／他
沒有辜負父母的期望，考上了東大。

此句型結構為「體言＋にこたえて」。用於對前者的回應或響
應之時。

～に際し（て）／值…之際；當…的時候

1. 別れに際して、彼は 私 に一声もかけなかった／臨
別之時，他連打一聲招呼都沒有。
2. 本店を開くに際して、いろいろな人からアドバイス
をもらった／在本店開張時，得到了很多人的寶貴的
建議。
3. 出 発に際し、いくつかの注意事項をお 話 します
／在出發之際，我講一下幾點注意事項。

此句型結構為「名詞（或動詞連體形）＋に際し（て）」。表
示以某種事情為契機。一般作為書面用語。

重點

～に先立って；～に先立ち／在…之前

 實用語句

1. 試験開始に先立って、注意事項を説明する／在考試開始之前，先說明一下注意事項。
2. 開会に先立って、前夜祭が行われた／在開會前一夜，舉行了慶祝活動。
3. 今日は運動会に先立ち、予行練習をした／在運動會之前，今天預先進行練習。

 小提醒

此句型結構為「名詞（或動詞連體形）＋に先立って」「名詞（或動詞連體形）＋に先立ち」。用於表示在開始某事之前，做必要的前期工作。「～に先立ち」為書面用語。

09月08日

 重點

～に従って；～に従い／隨著…

 實用語句

1. 年を取るに従って体が弱る／隨著年齡的增長身體因而虛弱。
2. 彼との付き合いが深まるに従って、良さが見えてくる／和他越深交，越能看出他的優點。
3. 物価の上昇するに従い、生活が苦しくなった／隨著物價的上漲，生活變得艱苦了。

 小提醒

此句型結構為「動詞終止形＋に従って」「動詞終止形＋に従い」。表示相關聯，後項隨前項的變化而變化。

～にしたら／從⋯的角度來說

1. あの人にしたら、そうするよりほかなかったと思う
／我認為若是站在他的立場，只能那樣做。

2. 彼にしたら親切のつもりだったのですが、言い方が
きつかったのか彼女は怒ってしまった／他原本是為
了她好，但或許因為講話方式過於生硬，結果把她激
怒了。

此句型結構為「體言＋にしたら」。表示從某種立場、某個角
度出發。用於推測別人的想法時，不能用於說話者自己。

09月10日

～にしても～にしても／不管⋯還是⋯；⋯也罷⋯也罷

1. 与党にしても野党にしてもその課題については意見
が同じだ／無論執政黨，還是在野黨，對那個議題意
見一致。

2. 勝つにしても負けるにしても、正々堂々と戦いた
い／無論輸贏，都要光明正大地進行比賽。

此句型結構為「體言（或動詞、或形容詞終止形）＋にしても
＋體言、（或動詞、或形容詞終止形）＋にしても」。表示列
舉，意為所舉的事例都在範圍之內。

～にしろ～にしろ／無論…還是…；…也好…也好

1. 本当<ruby>本当<rt>ほんとう</rt></ruby>にしろ嘘<ruby>嘘<rt>うそ</rt></ruby>にしろ、本物<ruby>本物<rt>ほんもの</rt></ruby>を見<ruby>見<rt>み</rt></ruby>なければ信<ruby>信<rt>しん</rt></ruby>じられない／不管是真是假，沒看到真正的東西，無法相信。

2. 肉<ruby>肉<rt>にく</rt></ruby>にしろ魚<ruby>魚<rt>さかな</rt></ruby>にしろ、新鮮<ruby>新鮮<rt>しんせん</rt></ruby>なものはおいしい／肉也好，魚也好，還是新鮮的好吃。

此句型結構為「體言（或動詞、或形容詞終止形、或形容動詞語幹）＋にしろ＋體言（或動詞、或形容詞終止形、或形容動詞語幹）＋にしろ」。表示列舉內容相反的兩種事物，說明他們並非例外。與「～にせよ～にせよ」用法相同，是「～にしても～にしても」的較正式的表達方式。

～に<ruby>過<rt>す</rt></ruby>ぎない／只不過……

1. いくら賢<ruby>賢<rt>かしこ</rt></ruby>いと言<ruby>言<rt>い</rt></ruby>って、まだ子供<ruby>子供<rt>こども</rt></ruby>に過<ruby>過<rt>す</rt></ruby>ぎない／雖說很聰明，也只不過是個孩子。

2. 今年<ruby>今年<rt>ことし</rt></ruby>降<ruby>降<rt>ふ</rt></ruby>った雨<ruby>雨<rt>あめ</rt></ruby>の量<ruby>量<rt>りょう</rt></ruby>は去年<ruby>去年<rt>きょねん</rt></ruby>の半分<ruby>半分<rt>はんぶん</rt></ruby>に過<ruby>過<rt>す</rt></ruby>ぎない／今年的降雨量只不過是去年的一半。

此句型結構為「體言（或動詞連體形）＋に過<ruby>過<rt>す</rt></ruby>ぎない」。表示「ただそれだけのものだ」，若有問題只是如此而已，並沒有其他的意思。

~にせよ~にせよ／不管…還是…；…也好…也好

1. 大人にせよ子供にせよ、うそをついてはいけません
   ／無論大人，還是小孩，都不能說謊話。

2. 来るにせよ来ないにせよ、電話ぐらいはしてほしい
   ／來也好，不來也好，希望你給我打個電話。

小提醒

此句型結構為「體言（或動詞、或形容詞終止形、或形容動詞語幹）＋にせよ＋體言（或動詞、或形容詞終止形、或形容動詞語幹）＋にせよ」。表示列舉內容相反的兩種事物，說明他們並非例外。

09月14日

~ものの／雖然…但是…

1. 着物を買ったものの、なかなか着ていく機会がない
   ／雖然買了和服，但一直沒有機會穿。

2. 立秋とはいうものの、暑い日がまだ続いている／
   雖說已經立秋了，但每天還是很熱。

3. あの子供は頭はいいものの、あまり努力しない／
   那個孩子雖然頭腦聰明，但不太用功。

小提醒

此句型結構為「用言連體形＋ものの」。表示前後兩項的逆轉關係。後項常用來表示不滿、沒有自信或事情難以實現。

重點

～に沿<ruby>沿<rt>そ</rt></ruby>って／順著…；沿著…；按照…

實用語句

1. この線路<ruby>線路<rt>せんろ</rt></ruby>は海岸<ruby>海岸<rt>かいがん</rt></ruby>に沿<ruby>沿<rt>そ</rt></ruby>って作<ruby>作<rt>つく</rt></ruby>られている／這條鐵路是沿著海岸修築的。

2. この方針<ruby>方針<rt>ほうしん</rt></ruby>に沿<ruby>沿<rt>そ</rt></ruby>って交渉<ruby>交渉<rt>こうしょう</rt></ruby>する／按這個方針進行交涉。

3. ご希望<ruby>希望<rt>きぼう</rt></ruby>に沿<ruby>沿<rt>そ</rt></ruby>って旅行<ruby>旅行<rt>りょこう</rt></ruby>の日程<ruby>日程<rt>にってい</rt></ruby>を変更<ruby>変更<rt>へんこう</rt></ruby>いたしました／按照您的希望變更了旅行行程。

小提醒

此句型結構為「體言＋に沿<ruby>沿<rt>そ</rt></ruby>って」。用於提示出所遵循的規則或願望。

重點

～に対<ruby>対<rt>たい</rt></ruby>して（は）／對…；對於…；針對…

實用語句

1. 学生<ruby>学生<rt>がくせい</rt></ruby>に対<ruby>対<rt>たい</rt></ruby>しては、とても厳<ruby>厳<rt>きび</rt></ruby>しい先生<ruby>先生<rt>せんせい</rt></ruby>です／是一位對學生要求很嚴格的老師。

2. 先生<ruby>先生<rt>せんせい</rt></ruby>に対<ruby>対<rt>たい</rt></ruby>して、失礼<ruby>失礼<rt>しつれい</rt></ruby>なことを言<ruby>言<rt>い</rt></ruby>ってはいけません／不許對老師說不禮貌的話。

3. 目上<ruby>目上<rt>めうえ</rt></ruby>の人<ruby>人<rt>ひと</rt></ruby>に対<ruby>対<rt>たい</rt></ruby>しては、敬語<ruby>敬語<rt>けいご</rt></ruby>を使<ruby>使<rt>つか</rt></ruby>わなければならない／對長輩應該使用敬語。

小提醒

此句型結構為「體言＋に対<ruby>対<rt>たい</rt></ruby>して（は）」。用於提示出動作的對象。

～に対する / 對…的；對於…的；針對…的

實用語句

1. 日本人に対する印象を話してください／請談一談對日本人的印象。

2. 女性の政治に対する関心はまだ薄いようです／女性對政治的關心好像還是淡了一些。

3. 事故の原因に対する取調べが行われているところです／正在對事故的原因進行調查。

小提醒 此句型結構為「體言＋に対する＋體言」。用於提示出動作的對象。

～に違いない / 一定…

實用語句

1. あの成績なら、合格するに違いない／成績那麼好，一定能考上。

2. パーティーはきっとにぎやかだったに違いない／宴會一定很熱鬧。

小提醒 此句型結構為「體言（或形容動詞語幹、或動詞、或形容詞、或部分助動詞連體形）＋に違いない」。表示說話者根據經驗或直覺對某事物的推斷，語氣非常有把握，常與きっと、必ず相呼應，推斷的是過去或未來的事情。

~について／關於…；就…；針對…

1. その人について 私は何も知りません／關於那個人，我一點兒也不了解。
2. 火事の原因について 調べる／對火災的原因進行調查。
3. その事について 改めて話し合おう／關於那件事，以後再談吧。

此句型結構為「體言＋について」。用於提示出動作的對象。

09月20日

~につき；～について／每…

1. 面接時間は一人につき10分です／面試時間每人十分鐘。
2. 交通費は一日につき千円ぐらいかかります／一天大約花費一千日圓的交通費。
3. 一人について2個分ける／一個人分兩個。

此句型結構為「數量詞＋につき」「數量詞＋について」。表示某一情況幾次發生時，都產生相同的結果。「～につき」是「～について」的鄭重的表達方式。

～につけ（て）／每逢…就；一…就…；因而…

1. 写真を見るにつけ、家族のことが思い出される／每逢看到照片，就想起親人。
2. 梅の花が咲くにつけて、その花が好きだった母を思い出す／每當梅花開放，就想起喜歡梅花的母親。
3. 何事につけ、誠実に応対しなければならない／不管什麼事情，都要誠實以待。

小提醒　此句型結構為「體言（或用言終止形）＋につけ（て）」。表示某種情況下，連帶產生的結果。

～につれて／伴隨著…；隨著…

1. 年をとるにつれて経験も豊富になる／年齡越大經驗也就越豐富。
2. 試験が近づくにつれて、ますます忙しくなってきた／越接近考試，就變得更加忙碌。
3. 改革の進展につれて、経済が活発になってきた／隨著改革的進展，經濟日益活躍起來了。

小提醒　此句型結構為「體言（或動詞終止形）＋につれて」。表示一方發生變化，另一方也隨之發生變化。

~にとって／對於…來說

1. この問題は子供にとって難しすぎる／這個問題對孩子來說太難了。

2. 人間にとって一番大切なものは何でしょう／對於人類來說，最重要的是什麼呢？

3. それは私にとって大変興味のあることです／對我來說，那是一件很有趣的事情。

小提醒　此句型結構為「體言＋にとって」。用於表示某種立場、資格和名目。

09月24日

~に伴って；~に伴い／隨著…；伴隨…

1 自動車の数が増えるに伴って、事故も多くなった／隨著汽車數量的增加，事故也增多了。

2. 新社長の就任に伴い、人事異動が発表された／隨著新社長的上任，公布了人事異動。

3. 技術の進歩に伴って、生活が便利になってきた／隨著技術的進步，生活也變得方便了。

小提醒　此句型結構為「體言（或動詞終止形）＋に伴って」「體言（或動詞終止形）＋に伴い」。表示兩者之相關聯，後項隨著前項而變化。

重點

~に反し（て）／與…相反；與此相反…

 實用語句

1. 親の期待に反して、大学入試は落第してしまった／辜負了父母的期待，沒考上大學。

2. 予想に反し、実験は失敗した／與預測的相反，實驗失敗了。

3. 年初の予測に反して、今年は天候不順の年となった／與年初的預測相反，今年是氣候反常的一年。

 小提醒

此句型結構為「體言＋に反し（て）」。表示兩者之對比，後項與前項相反。

 重點

~にほかならない／不外乎…；無非是…

 實用語句

1. 教育の仕事というのは人間を作ることにほかならない／教育工作就是培育人。

2. この成果はあなたの努力の結果にほかならない／這個成果無非是你努力的結果。

3. 正男の取った行動は父親の対する反発の現われにほかならない／正男採取的行動無非是對父親反抗的表現。

 小提醒

此句型結構為「動詞連體形（或體言）＋にほかならない」。這是由格助詞に接名詞ほか再接なる的否定形所構成的，表示斷定事物只能是這樣而不可能是別的東西。

~に基づいて／根據…；基於…；按照…

1. 経験に基づいて判断を下す／根據經驗下判斷。
2. この小説は事実に基づいて書かれたものです／這本小説是根據事實寫成的。
3. わが社では若者たちへのアンケート調査の結果に基づいて、商品を開発している／我們公司根據針對年輕人的問卷調查結果來開發商品。

此句型結構為「體言＋に基づいて」。用於提示出事物的基準或標準。

09月28日

~によって／透過…；以…

1. 人員削減によって、不況を乗り切ろうとしている／想透過裁減人員來度過經濟蕭條。
2. 危険かどうかは経験によって判断する／有無危險須透過經驗來判斷。
3. この問題は話し合いによって解決できると思う／我認為這個問題可以透過協商解決。

此句型結構為「體言＋によって」。用於提示出方法或手段。

～によって；～による／按照…；根據…；由於…而…

 1. 地方によって、言葉や習慣などが違う／依地方不同，語言和習慣也不同。
2. アンケート調査の結果による判断です／根據民意調查的結果所得到的判斷。
3. 服装は時代によって変わります／服裝由於時代的不同而發生變化。

 此句型結構為「體言＋によって」「體言＋による＋體言」。表示根據或依據某事物或原因等而去做某事。

 09月30日

 ～によると／據說…；據聞…

 1. 天気予報によると明日雪になるそうだ／根據天氣預報，明天會下雪。
2. 先生の話によると、来年の大学の受験はもっと難しくなるらしい／聽老師說，明年的大學聯考會更難。
3. 最近の調査によると青少年の犯罪は増える一方そうだ／據最近的調查青少年的犯罪呈增長趨勢。

 此句型結構為「體言＋によると」。表示傳聞或推測的根據。

~にわたって；~にわたり／歷時…；達到…；經過…

1. その会議は五日間にわたって行われた／那個會開了五天。

2. 試験は一月十日から一週間にわたり行われる／考試將從一月十日開始進行一週。

3. 彼は前後3回にわたってこの問題を論じた／他前後三次論述了這個問題。

此句型結構為「體言＋にわたって」「體言＋にわたり」。用於提示出範圍，包括時間、空間、次數等的範圍。

10月02日

~抜きで／除去…；省略…；不要…

1. 朝食抜きで出勤するサラリーマンが多い／不吃早餐就上班的上班族很多。

2. まじめな話ですから、冗談抜きでしましょう／因為在談正經事，所以不要開玩笑。

3. 前置き抜きで、さっそく本論に入りましょう／省略開場白，直接進入主題吧。

此句型結構為「體言＋抜きで」。表示無視於或否定某事、某物。

重點

～は（或を）抜きにして／除去…；省去…；去掉…

 實用語句

1. 感情は抜きにして冷静に話してください／請拋開情緒，冷靜地說。
2. 仕事の話は抜きにして、大いに楽しみましょう／不談工作，好好享樂吧。
3. 説明を抜きにして、すぐ討論に入ります／不作說明，馬上就進行討論。

 小提醒

此句型結構為「體言＋は（或を）抜きにして」。表示無視於或否定某事、某物。

10月04日

 重點

～抜く／……到底；堅持……下去

 實用語句

1. 宿題が多くて、難しかったが、最後までやり抜きました／作業又多又難，可是我還是做到最後。
2. やると決めた以上、最後までやり抜こう／既然決定要做，就幹到底吧。
3. 考え抜いた結果の決心だから、もう変わることはない／因為是經過深思熟慮後下定的決心，所以不會再改變了。

 小提醒

此句型結構為「動詞連用形＋抜く」。接尾詞抜く接在動詞連用形後構成複合動詞，表示將某一動作、行為排除萬難做到底。

~のみならず；~のみでなく／不只是…；不僅…

1. 子供のみならず、親も行くことになっている／不僅是孩子，連父母也要去。
2. 勉強が足りないのみならず、態度も悪い／不僅不夠用功，而且態度也不好。
3. サラリーマンのみでなく、家庭主婦たちにも人気がある／不但薪水階層喜歡，也受到家庭主婦的歡迎。

此句型結構為「體言（或用言連體形）＋のみならず（或のみでなく）」。用於表示不限定於某一事物，還可能涉及更大的範圍。是「~ばかりでなく」「~だけでなく」的書面用語。

10月06日

~ば~ほど／越…越…

1. この小説は読めば読むほど面白い／這本小說越看越有趣。
2. 北へ行けば行くほど寒くなる／越往北走越冷。
3. 学校は家から近ければ近いほどいいです／學校離家越近越好。

此句型結構為「用言假定形＋ば＋同一用言連體形＋ほど」。表示相關的兩項事物，後項隨著前項變化而變化。

～ばかりか / 不但…而且…；豈止…甚至…

1. 彼は反省しないばかりか、悪口を言い返した／他不但不反省，反而惡語傷人。

2. その店の品物は値段が安いばかりか、質もよい／那家店的東西，不僅價格便宜，品質也很好。

3. あの人は耳が聞こえないばかりか、目も見えない／那個人不僅耳朵聽不見，連眼睛也看不見。

此句型結構為「體言（或用言連體形）＋ばかりか」。ばかり表示不只限於某種程度，而且還涉及到其他更高的程度。與「～ばかりでなく」「～だけでなく」意思相同，但「～ばかりか」的後面一般不接續命令、禁止等。

～ばかりです / 一直……；一個勁地……

1. 雪はますます激しくなるばかりです／雪越下越大。

2. 彼女は悲しくて泣くばかりです／她悲傷得直哭。

3. 彼の病状は悪化するばかりです／他的病情不斷惡化。

此句型結構為「動詞連體形＋ばかりです」。表示某種狀態一直發展的趨勢。

~ばかりになっている／即將……；馬上就要……

1. 掃除(そうじ)もできて、父(ちち)が帰(かえ)ってくるのを待(ま)つばかりになっています／清掃也完成了，只等父親回來。
2. 果樹園(かじゅえん)の葡萄(ぶどう)はもうとりいれるばかりになっている／果園裡葡萄就要採收了。
3. ご飯(はん)は炊(た)くばかりになっています／飯馬上就要做好了。

此句型結構為「用言連體形＋ばかりになっている」。表示即將進行某動作或將達到某種狀態。

 10月10日

~はさておき／姑且不論…；不談…

1. あの店(みせ)は、味(あじ)はさておき、確(たし)かに安(やす)い／那家飯店姑且不論味道如何，的確很便宜。
2. 文法(ぶんぽう)はさておき、会話(かいわ)だけは自信(じしん)がある／先不談文法怎麼樣，會話我是很有自信。
3. 性格(せいかく)はさておき、仕事(しごと)はよくできる／不談性格如何，工作能力倒是很強。

此句型結構為「體言＋はさておき」。表示暫時不去考慮前項問題。

~はともかく（として）／…暫且不論…

1. 食事はともかく、まあお茶をどうぞ／飯回頭再説，先請喝杯茶。

2. 結果はともかく、試験が終わってほっとした／無論結果怎樣，考完試就鬆口氣了。

3. 費用の問題はともかくとして、まず旅行の目的地を決めましょう／先不談費用問題，先確定旅行的目的地吧。

此句型結構為「體言＋はともかく（として）」。表示暫不討論前者，優先考慮後者。

~はもちろん／…自不待言；…不言而喻

1. 復習はもちろん予習もしなければなりません／復習是當然要的，還應該要預習。

2. ここにはクーラーはもちろん、扇風機もない／這裡不用說空調，就連電風扇也沒有。

3. 国が違うと、習慣はもちろん考え方も違う／不同的國家，不必說習慣，連思考方式也不同。

此句型結構為「體言＋はもちろん」。表示某件事是理所當然的、不言而喻的。與「～はもとより」意義很相近，但「～はもとより」要更書面語化一些。

~はもとより／別說是…；不必說…；當然…

1. 王さんは英語はもとより、イタリア語もできる／小王別說是英語,就連義大利語也會。

2. 本人はもとより、家族や先生も彼の受賞を喜んだ／本人就不必說了,家人和老師也都對他的獲獎感到高興。

3. 彼は英語にかけては会話はもとより、文を書くのも達者です／他的英語,別說是會話,就連文章寫得也很好。

此句型結構為「體言＋はもとより」。表示前項是理所當然的,就連後項也列入此範圍內。多作為書面用語。

10月14日

~反面／…的另一面；…的反面

1. 彼女はいつもは明るい反面、寂しがり屋でもある／她總是帶著開朗的面容,但其實是一個容易感到寂寞的人。

2. 彼は仕事に厳しい反面、やさしいところもある／他對工作要求很嚴格,但另一方面也有溫柔的一面。

3. この薬はよく効く反面、副作用も強い／這種藥效果很好,另一方面副作用也很大。

此句型結構為「用言連體形＋反面」。表示在同一個事物中,存在著性質完全不同的兩個層面。

～べきだ／必須…；應該…

1. 若者（わかもの）はお年寄（としよ）りを尊敬（そんけい）すべきです／年輕人應該尊敬老年人。

2. 悪（わる）いのは君（きみ）だから、謝（あやま）るべきだ／因為是你不對，應該要道歉。

3. こういう場合（ばあい）「横（よこ）から割（わ）り込（こ）んではいけません」と抗議（こうぎ）を申（もう）し込（こ）むべきだ／這種場合應該提出抗議說：「不准插隊」。

4. 警察（けいさつ）は市民（しみん）の安全（あんぜん）を守（まも）るべきだ／警察應該保護市民的安全。

此句型結構為「動詞終止形（或動詞型助動詞終止形）＋べきだ」。べき是文語助動詞べし的連體形，だ是斷定助動詞。此句型與なければならない意思相同，表示當然、義務、理應如此。它的否定形式是「べきではない」，べき接サ行變格動詞時，可以接在する後面成為すべき。

～ほか（は）ない／只好……；只得……；除……外沒有別的辦法

1. お金が盗まれたのだから、警察を呼ぶほかはありません／因為錢被偷了，只得叫警察。

2. あの山へ行くには、この道を行くほかはない／要前往那座山只能走這條路。

3. 彼女は注意されるとすぐ泣くから、黙っているほかない／一被批評她就馬上哭，所以只好保持沉默。

此句型結構為「動詞連體形＋ほか（は）ない」。副助詞ほか與ない相呼應，表示強調只有一種情況，而排除其他一切可能。

10月17日

～ほど／像…那樣；…得…

1. 一歩も歩けないほど疲れた／累得一步也走不動了。

2. 山の上の空気は、息ができないほど冷たかった／山上的空氣冷得讓人窒息。

3. それは私にとっては死にたいほどの辛い経験である／那件事對我來說，是一件難受得要死的經歷。

此句型結構為「體言（或用言連體形）＋ほど」。用於表示狀態的程度。

～ほど～（は）ない／不像…那樣；沒有比…更…

1. 今日は昨日ほど寒くない／今天沒有昨天那麼冷。
2. 日本語は想像したほど難しくない／日語並不如想像得那麼難。
3. テニスほど好きなスポーツはない／沒有比網球更喜愛的運動。

此句型結構為「體言（或用言連體形）＋ほど＋用言否定形＋（は）ない」。用於表示比較高的基準或最高程度。

～まい／不會…；不能…

1. もう四月だから北海道もそれほど寒くはあるまい／已經是四月份了，北海道也不會那麼冷了吧。
2. 問題は複雑だから、そんなに簡単には解決できまい／因為問題很複雜，大概沒那麼容易解決。
3. この嬉しさは他人には分かるまい／這種喜悅別人是不會明白的。

此句型結構為「五段動詞終止形（或非五段動詞未然形、或助動詞未然形）＋まい」。表示否定的推測。まい是現代日語中仍然使用的古語。

～も～ば～も～／既……又……

1. 長所もあれば、短所もあります／既有優點，又有缺點。

2. 皮の厚いものもあれば、薄いものもあります／既有皮厚的，又有皮薄的。

3. 老人もいれば、若者もいます／既有老年人，也有年輕人。

此句型結構為「體言＋も＋用言假定形＋ば＋體言＋も＋同一用言終止形」。接續助詞ば表示事項的並存，這時要和提示助詞も相呼應。も用於列舉事物，表示同類的並存。

～もの／…東西

1. 病人は食べたものを全部戻してしまった／病人把吃的東西全都吐出來了。

2. 山のすそに、煙のようなものが見えます／看到山腳下好像在冒煙。

3. どうぞ、好きなものをとってください／你喜歡的東西就拿去吧！

此句型結構為「用言連體形＋もの」。這種用法與中文很相似，相當於中文的「東西」之意。譯成中文時，有時可以不譯出來。

～もの／…（的）人；…者

1. 十八歳未満のもの、入場お断り／未満18歳者謝絕入場。

2. 私は松本というものですが、先生はご在宅ですか／我叫松本，請問老師在家嗎？

3. ふつつかなものでございますが、どうぞよろしく／鄙人不才，請多包涵。

此句型結構為「用言連體形（或體言＋の）＋もの」。當もの表示人的場合，一般用於泛指的人或說話者自己，對長輩或應尊重的人不能使用。

～ものか；～ものですか／（沒）有什麼…；哪有…

1. 誰か教えてくれる人がいないものかと捜していた／在尋找一個能教我的人。

2. あんな失礼な人と二度と話をするものですか／我再也不理那種沒禮貌的人。

3. 何で決まりが悪いことはあるものですか／有什麼不好意思的。

此句型結構為「用言連體形＋ものか（或ものですか）」。接用言連體形後，以反問的語氣表示否定。在對話中，「ものか」往往音變為「もんか」。

～ものがある／眞是…；實在是…

1. あの若_{わか}さであのテクニック！彼_{かれ}の演奏_{えんそう}にはすごいものがある／那麼年輕，就有那麼高的技巧！他的演奏真了不起。
2. 彼女_{かのじょ}の音楽_{おんがく}の才能_{さいのう}にはすばらしいものがある／她的音樂才能真是很了不起。
3. 首都_{しゅと}の林立_{りんりつ}した高層_{こうそう}ビルを見_みて、本当_{ほんとう}に感慨_{かんがい}にたえないものがある／望著首都內林立的高樓，真是感慨萬千。

此句型結構為「用言連體形＋ものがある」。表示具有某種因素、某種成分。

～ものだ／眞是……啊！

1. 月日_{つきひ}がたつのは速_{はや}いものだ／歲月流逝如流水。
2. この子_こは元気_{げんき}なものだ／這個孩子真是有朝氣啊！
3. 「源氏物語_{げんじものがたり}」を読_よみこなすなんて、よく勉強_{べんきょう}したものだ／居然能熟讀《源氏物語》，真是夠用功了。

此句型結構為「用言連體形（或助動詞連體形）＋ものだ」。表示非常敬佩、感嘆、驚訝等。

10月26日

〜ものだ／應該……；當然要……

1. 学生は先生の教えをよく聞くものだ／學生應該聽老師的教誨。

2. 大人の言うことは聞くものです／應該聽大人的話。

3. 自動販売機は日本での普及ぶりは目覚しいものです／自動販賣機在日本的普及程度真是驚人。

此句型結構為「用言（或助動詞連體形）＋ものだ」。表示一般的社會倫理、習慣和必然結果。此外，也表示感嘆。

10月27日

〜ものだ；〜もんだ／總是……；經常……

1. 学生時代にはよく遅くまで帰らなかったものだ／學生時代經常很晚才回家。

2. 幼いころ、よく川へ泳ぎに行ったもんだ／小時候，常去河裡游泳。

3. 試験の時はよく徹夜をしたもんだ／考試時經常開夜車。

此句型結構為「動詞過去式＋ものだ（或もんだ）」。經常與よく搭配使用，表示回憶過去的經歷或習慣，口語中常說成もんだ。

～ものだから／因爲…；由於…

1. 彼女はもう知っていると思ったものだから、伝えませんでした／我以為她已經知道了，所以就沒通知她。

2. 私はまだ小さかったものだから、よく覚えていません／那時我還小，記不清楚。

此句型結構為「用言連體形＋ものだから」。多用於會話當中，表示說話者申述的理由。可以和から互換。但句尾不能使用意志、命令等句型。

～ものではない／不要……；別……；不會……的；不是……的

1. 人に嫌がられるようなことをするものではないよ／別做讓人討厭的事喔。

2. 言葉は簡単にマスターできるものではない／語言不是那麼容易掌握的。

3. 人生は設計できるものではない／人生是無法設計的。

此句型結構為「動詞連體形＋ものではない」。表示禁止，含有說服、勸說的語氣，即不應該這樣做。

~ものなら／如果…；假設…

1. バーゲンで外より安かろうものなら、あっという間に売り切れるだろう／如果因為大減價而比別處便宜的話，轉眼之間就會賣光吧。

2. そんなことを彼女に言おうものなら、軽蔑されるだろう／如果對她說那種話的話，可能會被她瞧不起。

此句型結構為「用言連用形＋う（或よう）＋ものなら」「動詞可能形＋ものなら」。ものなら接在用言連體形加助動詞「う（よう）」的後面，表示如果前項事態發生，將招致不良後果。

~やら~やら／…啦…啦；又…又…

1. 今日は果物やらお菓子やら、たくさんいただきました／今天水果啦、點心啦，吃了不少。

2. いま私は嬉しいやら悲しいやら、複雑の気持ちです／又悲又喜，現在我的心情很複雜。

此句型結構為「用言連體形（或體言）＋やら＋用言連體形（或體言）＋やら」。表示列舉，在諸多事例中舉出一、二個，以暗示其他。

～ようがない ;～ようもない／無法…；沒辦法…

1. 用途の面から 畳 の部屋に名前をつけたくても、名前の付け**ようがない**のである／即使想根據用途為塌塌米的房間命名也無法命名。

2. 知らないことは何とも答え**ようがない**のです／不知道的事情實在無法回答。

3. 夜遅く、電車もバスもなくなり、どうし**ようもなく**歩いて帰った／夜深了，電車、公車都沒了，沒辦法只好走路回去。

此句型結構為「動詞連用形＋ようがない（或ようもない）」。接在動詞連用形之後，表示「無法…」「不能…」。

～ような／像…那樣的…；如…之類的…

1. 田中さんは 私 にとって親の**ような**方です／對我來說，田中先生就像是父母一樣。

2. ここに書いてある**ような**スケジュールはとても無理だ／如果按這裡所寫的行程，根本做不到。

3. あなたの**ような**人には、もう二度と会いたくない／我再也不想見到你這種人。

此句型結構為「用言連體形（或名詞＋の）＋ような」。用於提示出比較的基準。

～ように／祝…；希望…

1. きっと合格<ruby>合格<rt>ごうかく</rt></ruby>できますように／希望你一定要考上。
2. 無事<ruby>無事<rt>ぶじ</rt></ruby>にお着<ruby>着<rt>つ</rt></ruby>きになれますように／祝您平安到達。
3. 風邪<ruby>風邪<rt>かぜ</rt></ruby>を引<ruby>引<rt>ひ</rt></ruby>かないように気<ruby>気<rt>き</rt></ruby>をつけてください／請小心不要感冒。

此句型結構為「句子＋ように」。表示委婉的要求、命令、請求、勸告以及願望等內容。表示說話者希望自己的願望能實現的心情。

～よりほかはない／只好……；除此以外沒有……；只能……

1. 電車<ruby>電車<rt>でんしゃ</rt></ruby>の中<ruby>中<rt>なか</rt></ruby>でお金<ruby>金<rt>かね</rt></ruby>を落<ruby>落<rt>お</rt></ruby>としてしまったらしい。あきらめるよりほかはないだろう／錢好像在電車上丟的，看來只好放棄了。
2. 今月<ruby>今月<rt>こんげつ</rt></ruby>の給料<ruby>給料<rt>きゅうりょう</rt></ruby>を全部使<ruby>全部使<rt>ぜんぶつか</rt></ruby>ってしまった。来月分<ruby>来月分<rt>らいげつぶん</rt></ruby>を借<ruby>借<rt>か</rt></ruby>りるよりほかはない／這個月的工資全都花光了，只好借下個月的來用。
3. もう間<ruby>間<rt>ま</rt></ruby>に合<ruby>合<rt>あ</rt></ruby>わないから、僕<ruby>僕<rt>ぼく</rt></ruby>はタクシーで行<ruby>行<rt>い</rt></ruby>くよりほかはない／已經來不及了，我只能坐計程車去。

此句型結構為「動詞連體形＋よりほかはない」。表示只能這樣（除此之外）別無他法。

～わけがない／不可能……；不會……

1. うちの子に限って、そんなことをするわけがない／只有我的孩子不會做那種事。

2. まさか、うちの子が盗みをするわけがない／我的孩子絕不會做偷盜的事。

小提醒

此句型結構為「用言（或助動詞連體形）＋わけがない」。表示根據事實做出合乎情理的否定判斷，多用於表示說話者的主觀判斷。

11月06日

～わけです／應該…；就是…；就…

1. 彼は日本で十年も働いていたので、日本の事情にかなり詳しいわけです／他在日本工作了十年，對日本的情況應該相當瞭解。

2. 結局、強いものが最後に勝つわけです／總之，強者最後將獲勝。

小提醒

此句型結構為「用言連體形（或體言＋な）＋わけです」。表示根據前面所述的事實或情況，從邏輯上推論出的結論，多用於說話者對某一種事物予以說明、解釋的場合。有時也用於不說出前項事實或情況，而直接講述結論的場合。

～わけではない／並不是……

1. 私は魚が嫌いだというわけではありません／我並不討厭吃魚。
2. あなたの気持ちが分からないわけではない／也不是不了解你的心情。
3. 日本人だからといって、敬語が上手に使えるわけではない／並不是日本人就能夠正確地使用敬語。

 此句型結構為「用言（或助動詞連體形）＋わけではない（或わけではありません）」。わけ是形式名詞，表示「道理」「理由」。わけではない表示從道理方面強調某種情況並不存在，與のではない相似。

11月08日

 ～わけにはいかない／不能…

1. 約束した以上は守らないわけにはいかない／既然約定了就得遵守。
2. 目の前の不正を見ていて、黙っているわけにはいかない／眼看著不正當的行為，是不能保持沉默的。
3. 明日は試験があるから、今日は遊んでいるわけにはいかない／明天要考試，今天不能再玩了。

 此句型結構為「動詞連體形（或否定助動詞連體形）＋わけにはいかない」。表示由於受到社會、法律、道德、心理等方面的約束和限制，而不能做某事。

〜わけがない／不可能…；不能…

1. あんな太^{ふと}った人^{ひと}にテニスができるわけがない／那麼胖的人打不了網球。

2. こんなに低温^{ていおん}の夏^{なつ}なんだから、秋^{あき}にできる米^{こめ}がおいしいわけがない／因為夏季氣溫太低，秋天收成的稻米不會好吃。

3. 彼^{かれ}はあまり忙^{いそが}しいから、そんなことを覚^{おぼ}えるわけがない／他太忙，不可能記得那件事。

此句型結構為「用言連體形＋わけ＋がない」。表示說話者依據客觀事實，對某事物所下的判斷。意思與「〜はずがない」相似。

〜わりに（は）／…卻…；雖然…但…

1. 彼女^{かのじょ}は年齢^{ねんれい}のわりには若^{わか}く見^みえます／她比實際年齡顯得年輕。

2. このお菓子^{かし}は値段^{ねだん}のわりにおいしい／這點心不貴卻很好吃。

3. 李^りさんは慎重^{しんちょう}なわりにはよく忘^{わす}れ物^{もの}をする／小李很穩重，但卻常常忘東西。

此句型結構為「用言連體形（或體言＋の）＋わりに（は）」。表示對事物的評價，從某一情況考慮理應是這樣，然而事實並不像想像的那樣。

～を～として／以…爲…，把…作爲…

1. ビルの建設は安全を第一条件としてしなければならない／樓房的建設應該以安全爲第一要件。
2. 来年大学に入ることを目標として勉強しています／以明年上大學作爲目標努力用功。
3. 地球は太陽を中心として回る惑星の一つである／地球是以太陽爲中心旋轉的行星之一。

此句型結構爲「體言＋を＋體言＋として」。用於提示出事物的基準時。

～をきっかけに；～をきっかけとして／以…爲契機；以…爲轉機；趁機…

1. 病気をきっかけにタバコをやめた／以生病爲契機而戒了煙。
2. 旅行をきっかけに親しくなった／趁旅行的機會，關係變得親密了。
3. 今日の出会いをきっかけとして、みんなといい友達になりたいです／以今天的相遇爲契機，我想和大家成爲好朋友。

此句型結構爲「體言＋をきっかけに」或「體言＋をきっかけとして」。用於表示行爲的開端。

～を契機に；～を契機として／以…爲契機，以…爲開端；以…爲轉機

1. オリンピック開催を契機に経済的に発展していった／以舉辦奧林匹克運動會為契機，經濟上越來越有發展。

2. 彼は新しい就職を契機として、生活スタイルをがらりと変えた／他以新工作為轉機，徹底改變了生活方式。

3. 失敗を契機として、これからの方針を改めた／以失敗為契機，改變了今後的方針。

此句型結構為「體言＋を契機に」「體言＋を契機として」。用於表示行為的開端。

～を込めて／充滿…；貫注…

1. 平和への祈りを込めて黙祷する／深深地為和平默默祈禱。

2. 母親は子供のために心を込めて、お弁当を作りました／母親滿懷愛心，為孩子做了便當。

3. 先生に感謝の気持ちを込めて、記念品を贈りました／滿懷感激之情，送給老師紀念品。

此句型結構為「名詞＋を込めて」。表示帶著某種情感去做某事。

~を中心に（して）/以…為主；以…為中心

1. バスケットボールのチームは田中さんを中心にまとまりました／組成了以田中為主的籃球隊。

2. 彼は何でも自分を中心にしてものを考える／他不論什麼事都以自己為中心來考慮問題。

3. おばあさんを中心にして、家族写真を撮った／以奶奶為中心，拍了家庭照。

此句型結構為「體言＋を中心に（して）」。用於提示出事物的基準。

11月16日

~を通じて；~を通して/整個…

1. 一年を通じて、ここの気候は温暖です／這裡的氣候全年溫暖。

2. 彼の主張は一生を通して変わらなかった／他的主張一輩子都沒有改變。

3. テレビは全国を通じて放送されている／以電視向全國播放。

此句型結構為「體言＋を通じて（或を通して）」。表示時間的範圍、區域。

～を（或は）問わず／不論…；不問…；不管…

1. ここは四季を問わず多くの観光客が訪れます／這裡不論春夏秋冬，都有很多旅客來此地遊覽。

2. この問題は国の内外を問わず大きな関心を呼んでいる／這個問題，無論是國內外都引起了很大的關注。

3. この団体は、男女、年齢は問わず、どなたでも入れます／這個團體不分男女、不管年齡大小，誰都可以加入。

此句型結構為「體言＋を（或は）問わず」。表示與所列事物無關。

～をはじめ／以…為首；以…為代表；…以及…

1. ご両親をはじめ、ご家族の皆さんによろしくお伝えください／向您的父母以及全家人問好。

2. 上野動物園には、パンダをはじめ、いろいろな動物がいる／上野動物園裡有以熊貓為首的各種動物。

此句型結構為「體言＋をはじめ」。用於表示事物的起點。

~をめぐって；~をめぐり／圍繞著…；關於…

1. 外国語の教え方をめぐって、さまざまな意見が出た
／關於外語教學問題，提出了各式各樣的意見。

2. この規則の改正をめぐって、まだ議論が続いている
／關於這個規則的修改，至今仍爭論不休。

3. 親の遺産をめぐり、兄弟が争っている／關於父母的遺產，兄弟姐妹正爭奪著。

此句型結構為「體言＋をめぐって（或をめぐり）」。表示引起爭論和議論的中心議題。

11月20日

~をめぐる~／圍繞著…；關於…

1. 彼女をめぐるうわさは多い／關於她的風言風語不少。

2. 留学生をめぐる諸問題を中心に考えていきたい
／我想以留學生的種種問題為中心探討一下。

3. クラスで日本語問題をめぐる討論会が開かれている
／在班上正圍繞著日語問題展開討論會。

此句型結構為「體言＋をめぐる＋體言」。表示引起爭論和議論的中心議題。

～に相違ない／一定…

1. これは私のなくした自転車に相違ない／這一定是我弄丟的自行車。
2. 彼はもう帰国したに相違ない／他一定已經回國了。
3. 留守中に家に来たのは中村さんに相違ない／中村一定是在我不在家時來的。

此句型結構為「體言（或用言連體形）＋に相違ない」。該句型與「に違いない」意思相同，表示根據一定的依據進行推斷，帶有「確定」「斷定」的語氣，是一種書面用語。

11月22日

～いかんで；～いかによって／根據…
而…；根據…

1. 言葉の使い方いかんで、会話の雰囲気は大きく違ってしまう／由於表達方式不同，談話的氣氛會有很大區別。
2. 商品の説明のしかたいかんで、売れ行きに大きく差が出てきます／商品的說明方式如何，對銷售會產生很大差異。
3. 自分の努力のいかによって、成功も失敗もします／由於努力不同，會有成功也會有失敗。

此句型結構為「體言（の）＋いかんで（或いかによって）」。表示前後的對應關係。用法與「次第で」相同。

～いかんだ／取決於……；根據……而定

1. その問題をどう解決するかは君の考えいかんだ／如何解決那個問題取決於你的意見。

2. この企画が成功するかしないかは天気いかんだ／這項計畫能否成功取決於天氣。

3. 今度の事件をどう扱うかは校長の考えかたいかんだ／這次的事件怎麼處理，完全按校長的想法辦理。

此句型結構為「體言＋いかんだ」。與「次第だ」意思相同，表示「根據……」「根據……而不同」的意思。

11月24日

～（よ）うか～まいか／是…還是不…

1. この話を親に言おうか言うまいかと迷った／我猶豫著要不要把這件事告訴父母。

2. 休みに国へ帰ろうか帰るまいか考えています／正在考慮放假要不要回國。

3. 彼に告白しようかするまいか一晩考えました／要不要向他表白呢，我想了一個晚上。

此句型結構為「動詞未然形＋う（或よう）か＋五段動詞終止形（或非五段動詞終止形、或連用形）＋まいか」。表示在進行行為、動作的選擇時，不知哪一種較好。

～ないものでもない／不見得不會……；倒也是……；也不是不能……

1. 一生懸命頼めばやってくれないものでもない／拼命地求他的話，也不見得不肯做。
2. 努力さえすれば、成功できないものでもない／只要肯努力不見得不會成功。
3. 修理できないものでもないんですが／不見得不會修理。

小提醒

此句型結構為「動詞未然形＋ないものでもない」。表示比較保守、消極的肯定。

11月26日

～かたがた／同時…；順便…

1. 買い物かたがた、本屋に寄ってきました／購物時，順便去了書店。
2. 出張かたがた、京都を観光した／借出差的機會，順便參觀了京都。
3. 買い物に行きかたがた、市場調査をする／去買東西，順便做市場調查。

小提醒

此句型結構為「名詞（或動詞連用形）＋かたがた」。表示做某事順便做另一件事，或者表示為了兩個目的而進行某種行為、動作。多用於鄭重其事的場合。

~かたわら／一邊…一邊…

1. 大学で勉強するかたわら、アルバイトをしている
／一邊上大學，一邊打工。

2. 母は家事をするかたわら、小さな店を経営していま
す／母親一邊做家務，一邊經營小店鋪。

3. 私は仕事をするかたわら、小説を書いている／我一
邊工作，一邊寫小說。

此句型結構為「名詞（或動詞連體形）＋かたわら」。表示在
較長的一段時間裡同時做兩件事情，從事主業的同時兼做副
業。

11月28日

~がてら／…，順便…

1. 散歩がてらスーパーによってアイスクリームを買っ
てきた／散步時，順便去超市買了冰淇淋。

2. 汽車の切符を買いがてら駅前の本屋に行った／買火
車票，順便去了站前書店。

3. 留学生と遊びがてら会話を練習する／跟留學生一起
玩，順便練習會話。

此句型結構為「名詞（或動詞連用形）＋がてら」。表示附
帶，指做某件事時順便又做另一件事。

～からある；～からの／…以上；…多；竟然…

1. この川は深いところは10メートルからある／這條河深的地方有10公尺。

2. 今度の地震で千人からの死傷者が出た／這次地震死傷人數多達千人。

3. 彼は職員が2000人からある大企業で働いている／他在職員多達2千人的大企業工作。

此句型結構為「數量詞＋からある（或からの）」。用於強調數量之多。

11月30日

～極まる／極其……；極端……；極……

1. 今日は朝から不愉快極まる／今天從早上起就極為不愉快。

2. 彼の失礼極まる態度には腹が立った／他那極其失禮的態度令人氣憤。

3. 彼の答えは周りの国にとっては迷惑極まる話である／他的回答是令周邊國家感到極為困擾的話。

此句型結構為「形容動詞語幹＋極まる」。接在不愉快、迷惑等形容動詞語幹後，表示極端的程度，是鄭重的書面用語。

重點

～嫌_{きら}いがある／有點兒……；有……的傾向

 實用語句

1. どうもあの人の話_{はなし}はいつも大_{おお}げさになる嫌_{きら}いがある／他的話經常有誇大之嫌。

2. 最近_{さいきん}の学生_{がくせい}は自分_{じぶん}で調_{しら}べず、すぐ教師_{きょうし}に頼_{たよ}る嫌_{きら}いがある／最近的學生自己不肯查詢，有依賴老師的傾向。

3. 彼_{かれ}は小_{ちいさ}なことに拘_{かか}わり過_すぎる嫌_{きら}いがある／他有些過度拘泥於小事。

 小提醒

此句型結構為「用言連體形（或體言）＋嫌_{きら}いがある」。指容易出現某種傾向。

 12月02日

 重點

～如_{ごと}し；～如_{ごと}く／如同……；和…一樣

 實用語句

1. 結論_{けつろん}は予想_{よそう}した如_{ごと}くだった／結論如同預料的一樣。

2. 速_{はや}きこと風_{かぜ}の如_{ごと}し、動_{うご}かざること山_{やま}の如_{ごと}し／快如風，穩如山。

3. 光陰_{こういん}矢_やの如_{ごと}し／光陰似箭。

 小提醒

此句型結構為「動詞過去式（或體言＋の）＋如_{ごと}し」。如し是文語比況助動詞，現在只作為書面用語。如_{ごと}く是其連用形。

~ことなしに／不⋯就⋯；沒⋯就⋯

1. 努力_{どりょく}することなしに、いい成績_{せいせき}が取_とれるわけがない／不努力，就不可能取得好成績。

2. 君_{きみ}が謝罪_{しゃざい}することなしに、相手_{あいて}と和解_{わかい}できない／你不道歉，就無法和對方和解。

3. その問題_{もんだい}はお互_{たが}いの心_{こころ}を傷_{きず}つけることなしに解決_{かいけつ}できた／那個問題未傷害彼此的心，就能夠解決。

此句型結構為「動詞終止形＋ことなしに」。表示否定前項，敘述後項。一般用於鄭重其事的場合。

~始末_{しまつ}だ／落得⋯⋯的下場；導致⋯⋯的狀態

1. 手_てが痛_{いた}くて、箸_{はし}も持_もてない始末_{しまつ}だ／手痛得連筷子都拿不起來了。

2. さんざんな失敗_{しっぱい}に終_おわったという始末_{しまつ}だ／落得慘敗的結局。

3. いつも親_{おや}と喧嘩_{けんか}ばかりして、ついには家出_{いえで}する始末_{しまつ}だ／經常和父母吵架，終於導致離家出走。

此句型結構為「動詞連用形＋始末_{しまつ}だ」。表示不好的事情終於導致不好的結果。

～ずくめ（の）／清一色都是……

1. 毎日毎日残業ずくめで、このままだと自分が磨り減っていきそうだ／每天、每天全都在加班，這樣下去自己也會身心疲憊。

2. そのパーティーに彼は上から下まで黒ずくめの服で現れた／他穿著從上到下清一色的黑衣服出現在宴會上。

此句型結構為「名詞＋ずくめ（の）」。表示清一色、完全的意思。

～ずには済まない／不能不……；非得……不可

1. 検査の結果によっては手術せずには済まないだろう／根據檢查的結果，看來不動手術不行。

2. このことは本人が行って謝らずには済まないだろう／這件事非得本人去道歉不可。

此句型結構為「動詞未然形＋ずには済まない」。表示按社會準則或自己的心情必須做某事，與ずにはいられない意思基本上相同。

～ずには（或ないでは）おかない／不能不……；一定……

1. あんなひどいことをした人には罰を与えずにはおかない／對做出這麼過分事情的人不能不給予處罰。

2. あの映画は見る人の胸を打たずにはおかない／那部電影無不觸動觀眾的心弦。

3. 今回の大地震は住民の不安にさせないではおかない／這次大地震一定令居民感到不安。

此句型結構為「動詞未然形＋ずには（或ないでは）おかない」。表示不做到某事不罷休，必須做某事的強烈心情、欲望等。

～そばから～／隨…隨…；剛一…就…

1. 最近は年のせいか、聞いたそばから忘れてしまう／最近大概是年齡的原因，隨聽隨忘。

2. 掃除をしたそばから子供に汚される／剛收拾好，孩子就弄髒了。

3. 種を撒くそばからカラスがそれをほじくる／剛播上種子，烏鴉就啄開。

此句型結構為「動詞連體形＋そばから～」。表示同時，意思是前後兩個動作幾乎同時發生。

ただ～のみ（だ）／只……；僅……；只有……；只是……

1. マラソン当日（とうじつ）の天気（てんき）、選手（せんしゅ）にとってはただそれのみが心配（しんぱい）だ／馬拉松比賽當天的天氣如何，對於選手來說只有這一點是最關心的。

2. 筆記試験（ひっきしけん）も面接（めんせつ）も終（お）わった、あとはただ合格発表（ごうかくはっぴょう）を待（ま）つのみだ／筆試、面試都結束了，最後只等成績發表了。

此句型結構為「ただ＋用言連體形（或體言）＋のみだ」。ただ是副詞，含有「ほかのことをしない、そのことだけをする」的意思，相當於中文的「只」「僅」，強調程度之低。のみ表示限定，與ただ相呼應，表示把事物局限在一定的範圍內。此句型屬於書面用語。

～だに／連…；甚至…；光是…就…

1. 木一本（きいっぽん）だに植（う）えていない／連一棵樹也沒有種。
2. 想像（そうぞう）するだに恐（おそ）ろしい／光是想像就很可怕。
3. 星一（ほしひと）つだに見（み）えない／連一顆星星都沒看見。

此句型結構為「體言（或動詞終止形、或助詞）＋だに」。用於舉出輕微事例，然後類推其他之時。

〜が最後_{さいご}；〜たら最後_{さいご} ／ 一旦…就沒辦法了；要是…就完了

1. あの 男_{おとこ} ににらまれたが最後_{さいご}だ／你要是叫他給盯上那可就完了。

2. これはなくしたが最後_{さいご}、二度_{にど}と手_てに入_{はい}らない 宝 物_{たからもの}だ／這是一旦丟了就再也弄不到手的寶貝。

3. あの人_{ひと}は言_いい出_だしたら最後_{さいご}、後_{あと}へ引_ひかない／那個人一旦說出口了，就決不讓步。

此句型結構為「動詞過去式＋が最後_{さいご}」「動詞連用形＋たら最後_{さいご}」。表示某一既定條件實現後的最終結局、最後下場。多指不好的結局。

〜たりとも ／ 即使…也…；就是…也…

1. 米_{こめ}の一粒_{ひとつぶ}たりとも無駄_{むだ}にしない／連一粒米也不浪費。

2. 一刻_{いっこく}たりとも油断_{ゆだん}できない／就連一刻也不能疏忽大意。

3. 工事_{こうじ}は一日_{いちにち}たりとも遅_{おく}らせることはできない／工程哪怕一天也不能延誤。

此句型結構為「表示數量的名詞＋たりとも」。表示全面否定，指即使最小的量也無法容許之意。多作為書面用語。

～たる～／作為…；身為…

1. 学生たるものが勉強もしないで、遊んでばかりいてはいけない／作為學生，不應該光玩不用功。
2. 公務員たる一人一人が、責任感を持つべきだ／身為公務員，每一個人都應該具有責任感。
3. 大統領たる者は清廉潔白でなければならない／身為總統必須廉潔清白。

此句型結構為「體言＋たる＋體言」。表示判斷事物的立場。たる是文語斷定助動詞たり的連體形，用作書面用語，同口語的「～である～」。

12月14日

～つ～つ／一面…一面…；一會兒…一會兒…；…來…去

1. 選手たちは追いつ追われつ走った／選手們你追我趕地奔跑。
2. 電車の中は混んでいて、押しつ押されつ、たいへん苦しかった／電車裡非常擁擠，被推來推去，難過死了。
3. 変な男の人が家の前を行きつ戻りつしている／一個奇怪的男人在家門前走過來走過去。

此句型結構為「動詞連用形＋つ＋動詞連用形＋つ」。表示兩個動作輪流進行。為書面用語。

～っぱなし／…放置不管；…置之不理

1. アイロンを付けっぱなしで出てしまった／電熨斗通著電就出門去了。
2. 弟は最近勉強もしないで遊びっぱなしです／弟弟近來不肯用功，一個勁地玩。
3. 仕事をやりっぱなしにして、どこかへ行ってしまった／工作還沒做完，就不知跑到哪兒去了。

此句型結構為「動詞連用形＋っぱなし」。表示持續，並引申為放任不管之意，往往帶有消極意義。

12月16日

～であれ～であれ／無論…還是…；…也好…也好

1. 先生であれ学生であれ、悪い事は悪いと言う／不管是老師，還是學生，不對的就要說不對。
2. 静かであれ賑やかであれ、駅から近ければいい／不管安靜，還是熱鬧，只要離車站近就行了。

此句型結構為「體言（或形容動詞語幹）＋であれ＋體言（或形容動詞語幹）＋であれ」。表示所舉出的例子都包括在內。多作為書面用語。

～であろうと～であろうと／無論…還是…；…也好…也好

1. <ruby>雨<rt>あめ</rt></ruby>であろうと<ruby>風<rt>かぜ</rt></ruby>であろうと、<ruby>計画通<rt>けいかくどお</rt></ruby>り<ruby>行<rt>おこな</rt></ruby>う／不管刮風下雨，都按計畫進行。

2. <ruby>男性<rt>だんせい</rt></ruby>であろうと<ruby>女性<rt>じょせい</rt></ruby>であろうと、みんなこのゲームが<ruby>好<rt>す</rt></ruby>きです／無論男女，都喜歡這個遊戲。

此句型結構為「體言（或形容動詞語幹）＋であろうと＋體言（或形容動詞語幹）＋であろうと」。表示所舉出的例子都包括在內。多作為書面用語。用法與「～であれ～であれ」基本上相同。

12月18日

～てからというもの／自…之後；…以來，一直…

1. <ruby>結婚<rt>けっこん</rt></ruby>してからというもの、<ruby>夫<rt>おっと</rt></ruby>と<ruby>映画<rt>えいが</rt></ruby>を<ruby>見<rt>み</rt></ruby>に<ruby>行<rt>い</rt></ruby>ったことがない／結婚之後再沒有和丈夫一起看過電影。

2. コンピューターを<ruby>買<rt>か</rt></ruby>ってからというもの、<ruby>弟<rt>おとうと</rt></ruby>はゲームに<ruby>夢中<rt>むちゅう</rt></ruby>になっている／自從買電腦之後，弟弟就沉迷於玩遊戲。

此句型結構為「動詞連用形＋てからというもの」。強調自從某時間點以後，就和從前完全不一樣。多作為書面用語。

～てからというもの（は）／自從…之後…

1. 彼はその人に出会ってからというもの、人が変わったようにまじめになった／自從遇到那個人，他像變了個人似的，做事很認真。

2. 就職してからというものは、休む暇がなかった／自從就業以後，就一直沒有休息時間。

此句型結構為「動詞連用形＋てからというもの（は）」。這個句型類似於「～てから」，用於敘述某一行為、動作發生後，事態產生了某種變化的場合。屬於書面用語。

～でなくて何だろう／不是……又是什麼呢？

1. これこそ証拠でなくて何だろう／這不是證據，又是什麼？

2. これが愛でなくて何だろう／這不是愛，又是什麼？

此句型結構為「體言＋でなくて何だろう」。這是一種反問句的形式，形式上是否定推測句，實際上是肯定句，較一般的肯定語氣強，表示所斷定的事物就是這個而不是別的。

～てやみません／非常（渴望）……

1. 諸君のこれからの活躍を期待してやみません／衷心期望諸位今後大有作為。

2. 事業の発展を念願してやみません／衷心祝願諸位事業有所發展。

小提醒

此句型結構為「動詞連用形＋てやみません」。該句型表示「十分迫切地希望」的意思。多用於表示對對方的祝願、希望、請求，強調這種心情不變。常和祈る、ねがう、希望する搭配使用，一般用於現在式。

～とあいまって／再加上…；與…一起；隨著…

1. 彼女は知性と美貌とあいまって、すばらしい俳優となった／她理性和美貌交相輝映，成了出色的演員。

2. 彼の努力が才能とあいまって、見事に成功した／由於他的努力，再加上才能，而得到了豐碩的成果。

小提醒

此句型結構為「體言＋とあいまって」。表示前後兩項互起作用而產生更大的效果。

～といい～といい／無論…還是… ；…也好…也好；論…論…

1. このメロンは、味<ruby>味<rt>あじ</rt></ruby>といい香<ruby>香<rt>かお</rt></ruby>りといい、最<ruby>最高<rt>さいこう</rt></ruby>高だ／這種香瓜無論甜味也好，香味也好都是最好的。
2. 彼<ruby>彼<rt>かれ</rt></ruby>は実<ruby>実力<rt>じつりょく</rt></ruby>力といい人<ruby>人柄<rt>ひとがら</rt></ruby>柄といい、理<ruby>理想的<rt>りそうてき</rt></ruby>想的な指<ruby>指導者<rt>しどうしゃ</rt></ruby>導者だ／論實力也好，論人品也好，他都是理想的領導者。
3. 寿<ruby>寿司<rt>すし</rt></ruby>司といいすき焼<ruby>焼<rt>やき</rt></ruby>といい、日<ruby>日本料理<rt>にほんりょうり</rt></ruby>本料理は何<ruby>何<rt>なん</rt></ruby>でも好<ruby>好<rt>す</rt></ruby>きだ／壽司也好，壽喜燒也好，任何日本料理我都喜歡。

此句型結構為「體言＋といい＋體言＋といい」。用於從不同的角度和事例來評價某事物。

12月24日

～という（或といった）ところだ／大致是……

1. 時<ruby>時給<rt>じきゅう</rt></ruby>給は1000円<ruby>円<rt>せんえん</rt></ruby>から1200円<ruby>円<rt>せんにひゃくえん</rt></ruby>というところだ／時薪大概是1000至1200日圓。
2. 帰<ruby>帰省<rt>きせい</rt></ruby>省？まあ、二<ruby>二年<rt>にねん</rt></ruby>年に一<ruby>一回<rt>いっかい</rt></ruby>回といったところだ／回家？差不多兩年一趟吧。
3. 先<ruby>先頭<rt>せんとう</rt></ruby>頭の選<ruby>選手<rt>せんしゅ</rt></ruby>手はゴールまであと一<ruby>一息<rt>ひといき</rt></ruby>息というところです／最前面的選手距離終點還差一點。

此句型結構為「體言＋という（或といった）ところだ」。表示範圍、程度、情況，用於說明事物達到某種程度。

～といったらありゃしない；～といったらありはしない／就別提有多麼的……；無比地……

 1. このごろあちこちで地震があるでしょ？恐ろしいといったらありゃしない／最近到處都發生地震是吧？就別提有多麼可怕了。

2. この年になってから、一人暮らしを始める心細さといったらありはしない／到了這個年紀才開始獨自一人生活，就別提有多麼害怕了。

3. 朝から晩まで同じことの繰り返しなんて、ばかばかしいといったらありゃしない／從早到晚只重複著同一件事，沒有比這更傻的了。

 此句型結構為「體言（或形容詞）＋といったらありゃしない（或といったらありはしない）」。表示極端的程度，與といったらない的意思基本上相同，用於消極方面的評價。

〜といったらなかった；〜といったらございません／就別提有多……；無比地……

1. 花嫁衣裳を着た彼女の美しさといったらなかつた
   ／新娘裝扮的她，就別提有多美了。
2. 一人だけ家に残されて、その寂しさといったらございません／家裡只剩下我一個人，就別提有多寂寞了。

小提醒

此句型結構為「體言（或形容詞）＋といったらなかった（或といったらごさいません）」。表示極端的程度、無與倫比，相當於「とても言い表せ得ないほど〜だ」的意思。既可以用於積極方面的評價，也可以用於消極方面的評價。

12月27日

〜といわず〜といわず／無論…還是…；不管是…還是…

1. 洪水で、家の中といわず外といわず、泥だらけだ／由於洪水，無論是屋裡還是屋外，都是泥土。
2. あの学生は昼といわず夜といわず、アルバイトをしている／那個學生不分晝夜地打工。

小提醒

此句型結構為「體言＋といわず＋體言＋といわず」。表示前後兩項都包括在內。

～（か）と思^{おも}いきや／不料…；原以爲…可…

1. あの二人^{ふたり}は仲^{なか}のいい夫婦^{ふうふ}だと思^{おも}いきや、突然離婚^{とつぜんりこん}してしまった／以爲他們兩個人是恩愛夫妻，想不到突然離婚了。

2. 雨^{あめ}が止^やんだかと思^{おも}いきや、また降^ふり出^だした／原以爲雨停了，想不到又下起來了。

3. あきらめると思^{おも}いきや、またやりだした／以爲就此罷休了，沒想到又做起來了。

此句型結構爲「用言終止形＋（か）と思^{おも}いきや」。表示後面的事實與預料的相反。此說法比較老舊，爲書面用語。

12月29日

～ときたら／提到…；談到…

1. 家内^{かない}ときたら、料理^{りょうり}が下手^{へた}でしようがないです／提起我妻子，飯菜做得差到不行。

2. あの店^{みせ}ときたらサービスが悪^{わる}くてね／說到那家店，服務真是差勁。

3. うちの子^こときたらテレビの前^{まえ}から動^{うご}かないんですよ／說到我的孩子，整天在電視機前動也不動的。

此句型結構爲「體言＋ときたら」。表示話題，用於提到某事時帶有不滿、責怪的語氣時。

ところで～ / 那麼… ; 另外…

1. やっと夏休み_{なつやす}だね。ところで、今年_{ことし}の夏休み_{なつやす}はどうするの？／終於到了暑假。那麼，今年暑假你準備做什麼？

2. もうすぐ卒業_{そつぎょう}ですね。ところで、卒業記念_{そつぎょうきねん}に何_{なに}か思い出_{おもで}に残_{のこ}るようなことしたいんですが、いいアイディアはありませんか／就要畢業了。作為畢業紀念，我想做點值得回憶的事情，你有什麼好的想法沒有？

3. ところで、先日_{せんじつ}お願_{ねが}いしました件_{けん}はどうなりましたか／那麼，前些時候拜託的事怎麼樣了？

 此句型結構為「句子（或段落）＋ところで＋句子（或段落）」。此句型既可以用於談話，也可以用於文章中。談話時用於前後句子的連接，書寫文章時多用於段落的連接。表示由前一個話題轉換到另一個話題，或者表示對前一個話題的內容進行追加和延伸等。有時可不譯出。

～ところを／正在…的時候；在…之中

1. お休^{やす}みのところをお邪魔^{じゃま}してすみません／在休息時間打擾您，真對不起。

2. お忙^{いそが}しいところをご出席^{しゅっせき}くださり、ありがとうございます／謝謝您在百忙之中光臨。

3. 危^{あぶ}ないところを助^{たす}けられた／危險之中，被人救了。

此句型結構為「用言連體形（或名詞＋の）」＋ところを」。表示在某種狀況下。

國家圖書館出版品預行編目資料

1天1日語句型／日語編輯小組主編.
--初版--.--臺北市：書泉，2012.07
　面；　公分
　ISBN 978-986-121-767-3（平裝）
　1.日語　2.句法
　803.169　　　　　　　　101009992

3A95

1天1日語句型

發 行 人 ─ 楊榮川

總 編 輯 ─ 王翠華

主　　 編 ─ 日語編輯小組

封面設計 ─ 吳佳臻

出 版 者 ─ 書泉出版社

地　　 址：106台北市大安區和平東路二段339號4樓

電　　 話：(02)2705-5066　　傳　真：(02)2706-6100

網　　 址：http://www.wunan.com.tw

電子郵件：shuchuan@shuchuan.com.tw

劃撥帳號：01303853

戶　　 名：書泉出版社

總 經 銷：聯寶國際文化事業有限公司

電　　 話：(02)2695-4083

地　　 址：新北市汐止區康寧街169巷27號8樓

法律顧問　元貞聯合法律事務所　張澤平律師

出版日期　2012年7月初版一刷

定　　 價　新臺幣240元

※本書改編自「日語檢定必背句型集」